LAISHI DE LU
来时的路
亲历者讲述红色故事

八一枪声

袁也烈 等◎著

彭 曾 赵 辰 司粒卜◎编

中国文史出版社

图书在版编目（CIP）数据

八一枪声／袁也烈等著；彭曾，赵辰，司粒卜编.
北京：中国文史出版社，2024.7. --（来时的路：亲
历者讲述红色故事／朱冬生主编）. -- ISBN 978 -7
-5205 -4724 -6

Ⅰ. I251

中国国家版本馆 CIP 数据核字第 2024CC0098 号

责任编辑：金　硕

出版发行：**中国文史出版社**

社　　址：北京市海淀区西八里庄路 69 号　　　邮编：100142
电　　话：010 -81136606/6602/6603/6642（发行部）
传　　真：010 -81136655
印　　装：廊坊市海涛印刷有限公司
经　　销：全国新华书店
开　　本：700mm×1000mm　1/16
印　　张：15.75
字　　数：151 千字
版　　次：2025 年 1 月北京第 1 版
印　　次：2025 年 1 月第 1 次印刷
定　　价：69.00 元

丛书编委会

总　主　编　　朱冬生

执 行 主 编　　史延胜　金　硕

执行副主编　　吕　鹏　任德才　左厚锋

编　　　者　　庞召力　孙召鹏　丁　伟　杨顺雨

　　　　　　　彭　曾　倪慧慧　冯长青　牛胜启

　　　　　　　冯华安　刘英芳

选题缘起

一是贯彻落实习近平总书记提出的"要讲好党的故事、革命的故事、根据地的故事、英雄和烈士的故事，加强革命传统教育、爱国主义教育、青少年思想道德教育，把红色基因传承好，确保红色江山永不变色"重要指示精神，深入挖掘红色资源，丰富精神宝库。"采取青少年喜闻乐见、易于接受的形式"，讲好"四个故事"、加强"三个教育"，以高度的历史自觉培育有理想、有本领、有担当的时代新人。抚今追昔、鉴往知来，不忘初心、牢记使命，始终牢记"我们走得再远都不能忘记来时的路"，让信仰之火熊熊不息。

二是引导人们树立正确的历史观。中国共产党百年非凡奋斗历程为我们留下了丰厚的精神遗产，随着时间的推移，现阶段人们尤其是年青一代对当年那一段血与火的历史已渐感陌生；网络时代媒体传播的多元化，极大丰富了人们的信息资源，但在一定程度上也干扰了人们对历史的正确认知，特别是关于党史和军史，存在不准确甚至不正确的史料传播。本丛书旨在通过收集和整理史料，让历史说话，用史实发言，为人们树立正确历史观提供翔实资料。

三是文史资料再开发的尝试。现存的权威军史资料大都时日已长，为防止宝贵的红色资源湮没在历史尘埃中，迫切需要对其进行深度挖掘、梳理整合，以"亲历、亲见、亲闻"的"三亲"史料的形式，让红色资源以新的体系、新的样态呈现在世人面前，更好地发挥教育功能。

编选原则

一是坚持正确的政治立场。牢牢坚持党性原则，牢牢坚持马克思主义新闻观，牢牢坚持正确舆论导向，牢牢坚持正面宣传为主。

二是主题鲜明。丛书反映了中国共产党团结带领中国人民，以"为有牺牲多壮志，敢教日月换新天"的大无畏气概，书写了中华民族几千年历史上最恢宏的史诗；展现了坚持真理、坚守理想，践行初心、担当使命，不怕牺牲、英勇斗争，对党忠诚、不负人民的伟大建党精神。

三是史料权威。丛书内容来源于《中国人民解放军历史资料丛书》《中国抗日战争军事史料丛书》《中国工农红军长征史料丛书》所收录的文章及老一辈革命家的回忆录等。涉及党内路线斗争的题材概不收入；涉及犯有重大错误的人员的情况只做客观描述，不做评述；理论性较强，不便于一般读者理解的文章慎重选录。

四是注重"三亲"性。所选文章紧扣"亲历、亲见、亲闻"的特点，内容感人至深、思想丰富深刻、语言通俗易懂，为加强红色资源的故事化提供生动范例，做到知识灌输与情感培养并举。

卷册专题划分

一是在纵向上按照中国革命的历史进程，讲述了土地革命战争时期、抗日战争时期、解放战争时期及新中国成立初期的党史和军史故事。

二是在横向上各个历史时期再按区域或按部队序列进行分述。如土地革命战争时期的各地武装起义，按照当年武装起义比较集中的地区，如湘赣、湘鄂西、鄂豫皖、苏浙闽沪、陕甘等分别编辑成册。抗日战争时期，按照八路军第一一五师、第一二〇师、第一二九师、新四军、华南抗日游击队、东北抗日联军等分别编辑成册。解放战争时期，按照第一、第二、第三、第四野战军和华北军区部队，以及剿匪斗争、策动国民党军起义投诚等分别编辑成册。后勤工作、军队院校等特殊领域，单独成册。

囿于文史资料的自身特点，作者个人身份立场、视野角度不同，一些人撰稿时年事已高、事隔经年，记忆恐有偏差，细节难求完全准确，有意偏重或弱化亦难避免。对此，我们力求维持原貌，体现多说并存，只对一些显而易见的讹误进行了谨慎订正。诚然如此，由于我们能力水平和主客观条件的限制，难免有疏漏之处，恳请广大读者批评指正！

编　者

2024 年 6 月

　　土地革命战争时期，党从残酷的现实中认识到，没有革命的武装就无法战胜武装的反革命，就无法夺取中国革命胜利，就无法改变中国人民和中华民族的命运，必须以武装的革命反对武装的反革命。1927 年 8 月至 1937 年 6 月，中国共产党领导广大工农革命群众先后在全国各地举行了 680 余次武装起义，遍及 19 个省，起义风暴席卷了大半个中国。江西、湖南作为全国武装起义的重点区域之一，分别举行了 70 余次武装起义。特别是 1927 年 8 月 1 日的南昌起义，打响武装反抗国民党反动派的第一枪，标志着中国共产党独立领导革命战争、创建人民军队和武装夺取政权的开端。1927 年 8 月 7 日，中共中央在湖北汉口秘密召开紧急会议（即八七会议），会议确定实行土地革命和武装起义的方针，提出整顿队伍、纠正错误而"找着新的道路"的任务。中国革命从此开始由大革命失败到土地革命战争兴起的历史性转变。以毛泽东为书记的中共湖南省委前敌委员会，将参加起义的各路武装5000余人统一编为工农革命军第一军第一师，于9月9日发动了湘赣边界秋收起义。由于敌我力量悬殊，这些起义大多数失败了。但一些起义部队在各省边界地区的偏僻山村坚持了下来，在这里开展游击战争，实行土地革命，建立革命政权，为以后红军和根据地的更大发展奠定了初步基础。本书收录的文章主要围绕江西、湖南地区的武装起义和暴动展开，涉及各地区党组织建设、起义和暴动的筹备与实施、革命政权建立与发展、群众组织建设等内容，反映了中国共产党领导人民群众开展武装斗争、创建革命根据地、发展革命力量的艰难历程。

目 录

1

八一枪声[*]

袁也烈

1927 年 7 月 30 日下午，是中国共产党向部队宣布起义的战斗命令的时刻。

国民革命军第二十四师一部分营长以上的军官，上午接到叶挺师长的紧急通知：下午某时在南昌某地开会。我们讨伐叛徒夏斗寅的战斗胜利后，乘胜追到南昌。那时的任务是集结待命，出发讨蒋。全师官兵正整装待发，到处响着"打到南京去！""打倒蒋介石！"的口号声。不料近日传来的消息却是：汪精卫在庐山召开秘密会议，阴谋叛变革命，投降蒋介石。这样一来，全师上下更加震怒，人人都在急切地等待着党的新的号令。

下午 2 点左右，南昌城里的天气闷热得难熬。有 40 多位青年军官，一个个穿着被汗湿透了的军装，骑着汗溜溜的

---

[*] 本文原标题为《"八一"的枪声》，收录时做了适当修改。

军马，急急忙忙地到达会议地点。他们脸色严肃，但谁也掩饰不住兴奋的神色。会场是临时布置的，远处有卫兵站岗警戒，闲人一个也不许进来，看来会议很机密。

叶挺师长首先在会上传达了党的决定。党对当前的政治形势的分析是：宁汉合作，已成定局；蒋汪联盟的反革命大阴谋已经表面化了；革命面临着严重的危机。党中央一部分同志已赶到南昌，开了紧急会议，做出了决定，即实行革命起义来挽救目前的危局，粉碎反革命分子的联合阴谋。党在这个紧要的时刻，坚定地指出：必须以武装起义来回击反革命的进攻。这样一个断然的决策，今天终于盼到了，大家当然兴奋和坚决拥护。

接着师参谋长在会上做战斗计划的报告，他指着一幅标好红蓝色符号的军用地图说："敌人的兵力是朱培德1个警卫团、第三军2个团、第六军1个团、第九军2个团，加上留守机关共1万余人；而我们的兵力却有3万余人！我们和贺龙同志率领的第二十军在一起行动，胜利是有绝对把握的。但是敌人有增援部队，有的24小时内可到，有的两天之后可以到达。如果让敌增援部队到达，战局就复杂了，下一步行动就有困难。"参谋长要求在一个晚上全部解决战斗。为争取时间，顺利地完成战斗任务，叶挺师长又对有关战术问题做了指示。

当时，我是第七十二团三营营长，奉命执行一个独立的战斗任务。我听了党的决定后，感到这次行动，比之北伐誓师，比之为保卫武汉第一次反击国民党反革命军队的那次战斗，意义更重大，回来后立即满怀信心地组织战斗。在我们这个营的军官中，副营长是国民党员，连长、指导员中有三个国民党员，排长中国民党员多于共产党员。这些国民党员虽然被认为是进步的，可能跟着共产党走，但与国民党军作战的坚决程度，尚待考验。特别是因为他们有许多黄埔同学在对方，有意无意地送个消息是很有可能的。为了严守军事秘密，保证战斗的胜利，我便亲自去组织战前的准备工作。

第二天，就是 7 月 31 日的早晨，我利用关系，化装到东门附近的一个营房里会朋友。这里即是今晚进攻的目标。我仔细调查了敌情、地形、道路之后，发现我营要对付的敌人有 1 个团部、1 个营部、7 个步兵连、1 个重机枪连，共两个营以上的兵力，比师部原来估计的兵力要多得多。我们一个营，要歼灭两倍于己的敌人，吃得消吗？我仔细思考了一番，认为我处主动，敌处被动，出其不意，攻其不备，就可全歼敌人。于是下定决心，在归途中拟好了歼敌计划。

团部批准了战斗计划之后，党的小组讨论了执行计划的办法（那时军队党的组织是极秘密的，团有支部，营有小组。我们营里没有战士党员，只有军官党员四五人），对于如何保证战斗的突然性和机密性，做了周密而具体的安排。

下午，全营官兵都接到通知：准备黄昏之前出发。晚饭提前吃了。战士们照例要擦拭武器，轻减行囊，归还借物。班长、排长都准备好自己应该准备的东西。他们知道夜行军不能没有照明器材,有的买手电筒,有的买电池。这些都是经过暗示与关照,为夜间作战做准备的。

连的干部一直到队伍出发前,才接到战斗任务,得知今晚这一惊天动地的行动,他们兴奋,受到鼓舞。虽然略感时间仓促,但检查一下,准备工作已做得差不多了。现在,大家只剩下一件心事:什么时候把任务传达给排长和全体战士?

队伍摆出一副行军的架势,浩浩荡荡沿着大街由西往东进发,行李担子紧跟在后面。街上行人稀少了,电灯已经亮了。兄弟部队也在调动,有的像在集合,有的像是行军。但军官们都心中有数,互相心照不宣。走了一个多钟头,约莫到了东门附近,队伍便停下来休息。

营部的副官带着传令兵,以联络官的名义,走进当面一座大营房。这里是驻军的团部,也是预定今晚攻击的敌军。他会见了那里的团长,声称自己的部队刚从外面进城来,找不到宿营地休息,打算借他们营房前面空地上露营,并问可否借用一点房子办公。那个团长拒绝了借房子,但对于靠近他们的营房露营一事未加反对。副官随即请求发给联络口令,敌军团长即指示参谋办理。

敌军参谋抄给了普通口令和特别口令,有了这个口令,我们就可以毫无阻拦地进出营房了。那参谋还告诉我们的副官说:"刚才接上级通知,说今夜城里部队移动频繁,要注意防止发生什么事情,请你们加强警戒。"这位参谋虽然糊涂得可笑，但可看出敌人的高级指挥部已在注意我们的行动了，它提示我们：一切动作更要机警。

这边下达了露营命令。盛夏的夜里，吹来一阵阵的凉风；晴朗的天空，漫布数不清的星斗。大家都高高兴兴地在这里露营，谁也不去过问为什么今天行军就到这里为止。

连长在露营之前，照例要在附近地区查看一番，诸如选择哨所位置呀，寻找饮水的处所呀，以及大小便的地方呀，等等。这些都不会引起怀疑的。他们就利用这个时机，详细地查看了地形，有的还到敌人的营房里看了看。各连选定的露营位置，都是即将到来的战斗中的冲锋出发地。

就这样，两支敌对的部队，一个在营房里，一个在营房外，相隔数十米，最远的也不过100米，现在都在睡觉，一会儿就要互相肉搏了！

但敌人并不完全麻痹，他们派出一队一队的巡逻武装，枪上上着亮晶晶的刺刀，不断地在营房外面巡查。他们甚至走到露营部队的近处看来看去，好像有所警惕似的。但他们所看到的只是一排排架着的枪，士兵们躺在枪架下，背包打开了，人都睡熟了，在较远的地方横七竖八地放着行李担子。这一切，好像在告诉他们：这里根本不会发生什么事情的。

夜深了，营房里面又黑又静。而外面呢，有月亮，有星斗，有路灯，放出混合的光芒，显出两种不同的景象。露营部队开始活动了，首先连长召集三个排长睡在一起，小声小气地谈了一阵；然后排长又和三个班长睡在一起谈了一阵；最后班长照样和战士谈一阵，战斗命令就这样传达了下去。接着，大家就轻轻地打上绑腿，穿好衣服，扎好皮带，每人左臂缠上一条作为战斗时识别用的白毛巾。这些全部做得很迅速，很巧妙，然后依旧躺下假睡。

时间过得真慢，好容易到了午夜2点钟。这已是有历史意义的8月1日！战士们自动地把枪拿在手里，刺刀装在枪尖上，子弹袋捆在身上，等待命令。

"砰！砰！砰！"城内某处清脆地响了三枪，这是指挥部的信号。这里一声喊："冲！"部队随即像波浪一样冲进敌军的营房去，开始只听得万马奔腾般的脚步声，接着是严厉的喝令："不许动！"再往后是一阵钢铁的撞击声。在几阵激烈的手榴弹爆炸声之后，就听得人们到处在喊叫："不要打了！"手电筒的亮光在营房里照来照去。敌人投降了，该是打扫战场的时候了。

战斗提前结束，俘虏受到宽待，公私财物得到保护。

团部的电话不断地响，是敌人的师部来问情况，这里的回答是："二十四师的部队在此接防完毕！"

我们一面搜索残敌，加强警戒，一面倾听着城里的动静。从午夜2点钟起，整个南昌城好像沸腾了，枪声砰砰，炮声隆隆，火光闪闪。我站在高处，按照前日会议上的部署，朝着小营盘、小花园、牛行车站等敌军驻地的方向，根据枪声的疏密缓急，推测着各路起义部队的进展情况。我听着激烈的枪声，心中思潮起伏，让我们用枪炮把这沉重的黑夜赶走！

当东方现出一片曙光的时候，枪声逐渐平息，只有西南方向还传来残敌的断续的枪声，然而已经是那么无力。

这时，叶挺师长派人找我。我急忙赶到指挥所，一眼看见屋里站着一个高身材的人，他的两道浓黑的眉毛，一对晶亮的眼睛，立刻使我想起北伐出师时，召集我们独立团连以上党员军官讲话的党中央代表周恩来同志。对，我眼前不正是周恩来同志吗？我一下子全明白了，原来党中央就是派他来组织、领导我们起义的。他向我微笑着，和叶挺师长一同询问战斗情况。他虽然一脸兴奋神色，但也可以看出，他大概已经几夜没有睡觉了。

从指挥所出来，太阳已经升起了，街道上铺上了一层金黄色的光辉。起义的战士和缴了枪的俘虏，一队队匆忙地来来往往。政治工作人员正四处张贴革命军事委员会的布告。远远就看见我们营的战士把一面大红旗升起在操场的旗杆上。

星火初燃

黄石子

　　1926年11月，方志敏同志派农运特派员淦克鹤来星子县（今江西庐山）指导农运，我受命配合淦克鹤工作。12月，我随淦克鹤到南昌参加省农协汇报会，在百花洲农协办，由方志敏和淦克鹤介绍参加了中国共产党。我和淦克鹤回星子县后，又介绍了卢英瑰、欧阳春、干剑入党。接着又发展了黄益毅、黄建、周启霏、李雯、杨士华、蔡燊、魏旭东、黄昌斌、白家影、朱丹阳、吴隆印、李中福、黄红勋、毛金莲、黄英等十余人入党。在此基础上成立了一个党支部，欧阳春、干剑、黄益毅和我为委员，推选欧阳春为支部书记。

　　我和干剑配合淦克鹤在星子县各地进行宣传和组织农民协会，很快便在全县的5个区成立了110个农民协会和930余个农协小组，会员发展到25万余人，占全县农户的80%。这样一来，地主豪绅对我们恨之入骨，他们造谣说："黄石子办共产党是要共产共妻。"还说:"不论穷富,每个人都得出一担谷子。"

1927年1月的一天,天刚破晓,西坂的陈、彭、白三姓土豪纠集地痞流氓和被蒙蔽不明真相的群众300余人,每人发给一块银圆,他们手持大刀、长矛,还有4支步枪,在劣绅陈述典的带领下,像潮水般地冲进县城,高呼:"打倒干剑,打倒黄石子!捉拿干剑、黄石子!"叫声一片沸腾,街头还贴了不少这样的标语。他们冲到我家,把我哥哥打伤,砸烂了所有家具,闹到午后,群众要撤回时,陈述典喊道:"淦克鹤也不是好东西!"便带着一群流氓将淦克鹤抓住,吊在一棵刺槐树上,打成重伤。后来我们派人把他救下,送到南昌养伤。我和卢英瑰、干剑等七人,在农协的掩护下,绕道都昌,到南昌的省政府和农协,反映星子县的情况,省政府下令撤换了县长何翼剑。

3月,党组织派我和杨士华、周启霏、李雯、蔡燊五人,到武汉农民运动讲习所去学习。4月,蒋介石在上海发动了四一二反革命政变,接着又发生了长沙的马日事变,武汉也受到影响。6月18日,农讲所停办,我们返回九江,我留在九江市委,杨士华等人回星子县工作。7月底,九江市委书记袁孟冰派我送文件和现钞去武汉。8月5日,我返回九江,袁孟冰对我说:"现在形势很紧张,组织决定派你回星子,把党的工作转入地下。把你家的详细地址留给我,以便派人找你联系。"

这时，星子县党组织已由卢英瑰负责，我找到卢英瑰，召开会议，传达了市委的指示，从此，我们就转入地下工作。形势发展急转直下，白色恐怖遍布江西各地，反动派纷纷组织所谓"反共清剿"委员会。驻九江国民党浔湖警备司令金汉鼎，按其上司的旨意，派出大批军警，对工厂、学校进行大搜捕，逮捕共产党员和革命群众 70 余人。8 月 9 日，在大校场枪杀了彭江、张如龙、吴九思、戴震球等 26 位共产党员，这就是反革命制造的九江大血案。九江、德安、星子等各县工会、农协组织都被迫解散了。

9 月，成立了赣北特委，原九江地委书记林修杰任特委书记。他来到星子召开县委会议，传达了党的八七会议精神，指示星子党组织要将力量转到农村去，发动群众，准备开展土地革命和秋收暴动，以武装斗争推翻国民党反动统治。不久，袁孟冰、刘九峰来到星子，召集卢英瑰、欧阳春、干剑和我等人，讲述了武装斗争和夺取政权的意义，分析了目前形势，指出当前的任务就是以武装暴动扩大革命的影响，并检查了星子的暴动条件和准备工作情况。

9 月中旬，赣北特委书记林修杰和沈剑华在白鹿洞，召集星子党组织负责人卢英瑰、干剑、欧阳春、黄益毅和我，传达省委《秋收暴动煽动大纲》和《秋收暴动计划》，省委决定赣北以修水暴动为起点，然后影响邻近各县，并在农运略有基础和有帮会活动的星子、德安和永修举行局部暴动，镇压反动派和地主豪绅，夺取枪支，武装农民。此时，曾在叶挺的第二十四师任过秘书的九江县黄老门的徐上达，因未跟上起义部队，被冲散后潜回九江，在白鹿洞与林修杰不期而遇。林修杰便留住徐上达，让他回九江县马楚区去组织武装。马楚区原有 7 支步枪，他以此为基础，充实些鸟铳、梭镖，组织了一支 30 余人的队伍，在沈家港进行短期训练。

为配合党的湘赣边秋收起义，9 月底，林修杰、沈剑华又在白鹿洞召开星子县党组织负责人会议，参加会议的除了卢英瑰、干剑等我们几个人外，还有九江县的徐上达、詹支学，集体讨论暴动计划，一致认为星子县是局部暴动的理想地区，它孤城一座，偏隔一方，群众基础好，敌人力量薄弱，敌人增援一时难以赶到，暴动成功的把握较大。于是决定在星子县打响赣北的第一枪，具体部署是：由徐上达率领九江马楚区的 30 余人武装队伍为先锋队；由卢英瑰选拔 20 余名农协骨干潜入县城为内应；我为军事委员兼做农运工作，和干剑等组织五里、河村、梁家牌等村 300 余名农协会员，随先锋队进城，为暴动的主力。作战计划是：先锋队打开城门，让暴动队伍进城，在内应配合下，砸开监狱大门，救出被关押的同志和群众；而后进攻国民党县政府，捉拿县长等反动头目，夺取警备队的武器，占领县城；若能得手便乘胜攻上庐山，杀死汪精卫等反动头目（汪当时在庐山），扩大政治影响。我们成立了暴动总指挥部，林修杰为总指挥，徐上达为前敌总指挥。暴动时间定为 10 月 4 日凌晨。

为了探明敌情、地形，选择运动道路、突破点和攻击目标，徐上达和黄益毅潜入星子县城，对县城各个目标和小西门内外，进行了详细的侦察。

10 月 3 日黄昏，九江马楚区先锋队，星子梁家牌等村的农协会员手持大刀、长矛等各种武器，在白鹿洞附近集结，林修杰对全体参加暴动的人员进行了战前动员，他说："南昌起义以后，全国各地为打倒新军阀和国民党反动派，不断地爆发工农兵武装起义，我们这次暴动，是为了配合湘赣边的秋收起义。我们要打下星子县城，消灭那里的反动派，夺取其武器，乘胜攻上庐山，杀了汪精卫这个反动的家伙，对全国革命有着重大的意义……"大家听了林修杰的讲话，明确了这次暴动的目的和意义，充满了胜利信心，情绪十分高涨。入夜，徐上达率领着暴动的队伍，从梁家牌出发，经毛家垄、张家坂、艾家洲向县城小西门挺进；卢英瑰等于 3 日分别潜入县城，集中到魏旭东家楼上。午夜后，卢英瑰率领 20 余名手拿大刀、长矛的暴动队队员埋伏在监狱附近，准备接应。

10 月 4 日凌晨 3 点，徐上达、沈剑华带着先锋队，按照侦察时选择的道路，从小西门附近城墙缺口处攀登爬进县城，消灭了守门的哨兵，扭断铁锁，打开城门，暴动队伍一拥而入。随着三声枪响的信号，埋伏在监狱附近的卢英瑰接应出来，两支队伍会合后冲向监狱，用树干撞开监狱大门，人声鼎沸，监狱看守不敢抵抗，朝天打了几枪就逃之夭夭了。我们放出了被关押的同志和群众，他们高喊着"共产党万岁！"暴动队伍手持大刀、长矛潮水般地冲向县政府，先是以步枪、鸟铳密集地射击，继而抬起树干，发出吼声，向县政府大门猛击，撞开大门，群众一拥而入，去捉县长和反动官吏。县政府内的大小官吏和守卫县政府的警察自卫队从梦中惊醒，他们不辨虚实，不敢应战，慌慌张张带着县长赵贺和其他官吏，从旁门溜出，逃出南门，慌不择路，跌跌撞撞地跑到湖边，抓到一只渔船，爬上去逃往九江。我们冲进县长卧室，已是人走房空，床上被褥狼藉，四处搜寻，未能捉到重要人物。那些平时为非作歹的警察狗腿、豪绅地主，个个犹如丧家之犬，躲的躲、藏的藏，争相逃命。我们砸烂了县政府，将敌人的文件材料付之一炬，而后我们组织暴动队伍进行宣传、贴标语等。

中午过后，徐上达召集我们进城的几个领导人商量，认为我们虽然占领了县城，但敌人却带着枪逃跑了，我们未能缴获到枪支，暴动起来的农民未经过训练，凭现有的武器不能据守县城，更不能进攻庐山。为避免损失，遂下令暴动队伍撤离县城。我们便组织各村农民担着战利品，撤回各自的村庄，徐上达带 30 余人殿后回到五里。我们几个领导人也到五里，林修杰看到我们大家安全地回来，非常高兴地说，开始听到枪声密集，后来枪声稀落，最后听不到枪声了，心中很不安。他接着询问情况，徐上达说："我们行动快，人多势众，敌人虚晃一枪就逃跑了，我们连一点皮也未破，个个安全地回来了，只可惜没有捉到赵贺和豪绅地主。"林修杰叫我们星子县的几个领导人继续潜伏起来，注重掌握敌人的动向，教育参加暴动人员提高警惕，防止敌人进行报复。他和徐上达带着马楚区的 30 余人，趁着蒙蒙细雨，向黄岩寺进发，他们翻越汉阳峰到达马楚区沈家港，休整两天后，经黄老门到岷山小阳铺，与在那里开展工作的辛忠荩、欧阳端、陈监良、饶华庭会合后，决定建立革命武装，开展游击战争。11 月，林修杰又在德安泰山金盆寺召开九江、星子、德安、瑞昌四县党的负责人会议，决定会集各县暴动起来的农民武装，建立以岷山为中心的革命根据地，以星子、德安暴动起来的武装力量为基础，组成了赣北游击队。

星子暴动胜利后，虽然没有据守县城和建立起苏维埃政府，但它却震动了赣北，乃至江西全省，使革命人民受到鼓舞，使他们看到共产党还在领导人民进行斗争，给予反动派以有力的打击。反动县长赵贺虽然跑到九江请来援兵，在星子县闹腾了一阵子，但因我们已有准备，他们一个共产党人也未抓到，反动气焰有所收敛。

直至 1930 年，赵贺他们才弄清这次暴动的真相，当地的反动头目周兴汉、陈忠信、张信和等联名上书给蒋介石，要求"通缉"共党分子黄石子、干剑、欧阳春等人，"以绝根株""而清匪患"。可见他们对这次打击惊恐之深，也足见这次暴动影响之深。

赣西南的革命斗争[*]

曾 山

大革命失败以后，江西的形势与全国有些不同。自北伐军攻克南昌以后，国民党省党部内部左右两派的斗争很激烈。蒋介石到达南昌以后，积极扶植段锡朋、周利生等右派掌权，使南昌工运、农运受到遏制，但当时赣州、万安、吉安、抚州、九江等地，因为共产党的领导比较强有力，所以工运农运发展很快，特别是万安全县农民运动发展得最快，后来经过我党的斗争，江西省国民党党部虽然被左派掌握了，但省政府和国民革命军仍由右派朱培德所把持。

南昌起义以后，叶、贺部队南下，经过抚州、瑞金到广东汕头，这一带工农群众受到了革命的影响。但是，九江、吉安等地的工农运动却遭到国民党军阀的镇压。1927年8月12日，反动派杀害了吉安县总工会委员长梁一清，解散了

---

* 本文原标题为《回忆赣西南的革命斗争》，收录时做了适当修改。

农协并收缴了农协武装，派兵下乡镇压革命群众，捉拿、枪杀群众运动领导人。

这时候的革命形势有两方面：一方面是革命运动遭到摧残，形成了低潮。南昌起义后，群众运动遭受摧残。国民党采取严厉的镇压和屠杀政策，在九江杀了几十位革命同志。1927年冬至1928年春，赣西南各地，在广州暴动以后也陆续进行了暴动，但这些暴动大多遭到失败。所以，当时革命形势已趋向低落。在党内也出现了一部分党员动摇、消极，积极分子逐渐减少的现象。另一方面却又表现为革命群众在共产党的领导下，继续坚持斗争。这主要是一部分劳苦工农群众和革命知识分子坚持斗争。特别是在八七会议以后，广大贫苦工农群众和革命知识分子响应党的号召，同国民党反动派进行了激烈的斗争。

当时在江西省委领导下有几个特委，还有许多县委。党组织和农会组织最有基础的是万安县，农会公开的牌子虽然没有了，但秘密农会的组织在当时县委领导下还是很完整的。

中共江西省委执行党的八七会议决议，领导了万安暴动。万安暴动是全县性的，影响到遂川、泰和等地的接连暴动，泰和县城就是万安暴动的部队打下来的。在万安暴动胜利以后，敌方鼎英1个军从广东调到江西，把万安的革命运动镇压下去了。

因此，当时江西的形势，一方面是革命的低落，另一方面又表现为工农革命继续生长着。1927 年农历十一月，我从广州回到吉安，当时吉安县委指派我担任南区区委书记，后来又调我到吉安县永福区任区委书记，工作只有两个月。永福和宣化两个区，党的力量都很小，只有五六百名党团员。吉安县委指示要坚决执行八七会议的决议，举行暴动。由于没有吸取广州、万安暴动的经验教训，这时举行暴动是轻率的行为。

赣西南各地暴动由于国民党反动派的镇压，大部分都失败了，党的活动很自然地转入半隐蔽状态，积极地进行秘密的组织群众的工作和发展党的工作，积蓄革命力量，同时在山区尽力发展革命武装力量，为建立革命政权而斗争。在这方面，除了永新、遂川、宁冈革命根据地以外，吉安的东固、延福地区的革命活动在赣西南占有重要的地位。

东固、延福地区成为赣西革命中心地的原因之一，是地形很有利，以东固来说，它处于永丰、吉水、兴国、泰和几县的边区，周围群山环绕，地形非常好，所以老区百姓当时说："上有井冈山，下有东固山。"

当然，地形也不是最主要的，更主要的是东固这个地方原来农会的基础很好。这里盛产粮食，但农民受封建地主剥削压迫特别厉害，生活很苦，贫苦农民多，农民要求革命，还有不少革命的青年知识分子加入了共产党。特别是万安等地暴动失败以后，队伍大都被打散了，结果一部分人上了井冈山，一小部分人来到了东固。梁一清被杀害以后，也有许多同志来到了东固。东固革命根据地创始人之一赖经邦，是东固敖上人，共产党员，大革命时他曾任过吉安教育局巡学员，他于梁一清受害以后回到东固坚持革命斗争。兴国原来有一支"三点会"农民"绿林"武装，领导人是段起凤，只有14条枪。赖经邦回到东固以后，便设法把段起凤的队伍争取过来，变成了革命的队伍。赣西特委依靠赖经邦领导的这支革命队伍，发展成为江西工农革命军第七纵队，以后又发展成为有名的江西红军第二团，最后编入黄公略领导的红六军的第一纵队。所以，赖经邦在当初组织这支革命武装方面是有很大功绩的。国民党反动派很恨他，多次派反动武装进攻这支部队，并把敖上的房子全部烧了。

延福地区（吉安、新余、分宜、峡江、安福几县的边区）的情况与东固不同。延福地区参加革命的多是青年学生，有不少的青年党员家里有钱，有很多土地。开始发展革命武装，主要是采用买枪的办法武装起来的，所以开始时没有什么战斗力。后来，赣西特委和省委派了得力的军事干部，如陈伯钧、李湘令、柯武东等人加强了领导。因此，这支革命武装力量便很快地发展起来，后来编成黄公略红六军第一纵队。

赣西南各地党的领导，在进行革命活动中吸取了过去暴动的经验教训，许多在地方工作的同志也逐渐懂得了这些教训。条件不成熟搞暴动是不行的，不仅暴动取得不了胜利，连从事革命活动的同志也会站不住脚。在敌人力量大的地区，就要做秘密的工作，并且要把秘密工作和山区的武装斗争结合起来。这时，我们在平原地区有秘密工作，在山区进行武装游击活动，发展革命武装力量，为建立根据地创造条件。由于我们两方面配合得很好，敌人一有什么动静，群众便向革命部队报告。平时游击队为了解决给养，去打土豪、筹款子，群众也积极配合和参加。东固和延福这两块革命根据地，国民党多次派反动武装来进攻。特别是罗炳辉，当时他带五市联防部队和我们打过许多次仗。最后，罗炳辉在革命的影响下，加入了中国共产党，率部起义，他带过来的180多人、150多支枪，改编为红军第四团（初为红五团，后合编为红四团），后又编为红六军第二纵队的一部分。当时，农村、城市、敌军内部都有我们的秘密工作者，各地党组织经常介绍人到东固、延福来充实红军，使我们的革命队伍不断地得到补充。那时候，国民党军队在吉安一出动，向东固、延福等地进攻，地方党组织就知道，并马上将敌人的行动通知游击队，游击队的消息非常灵通。因此，强大的敌人找不到我们的部队，敌人来得少时又常被我游击队歼灭或打垮。

敌人第三次"会剿"井冈山以后，由毛泽东、朱德率领的红四军，曾经从井冈山下来到东固与红二、红四团会师，毛泽东给东固根据地留下了许多有革命斗争经验的同志，其中有毛泽覃，加强了东固根据地党的领导，这些同志带来了许多好的经验，特别是红五军彭德怀派黄公略到赣西南地区把红二、红四团和延福、永新等地区红军整编成红六军以后，赣西南苏区的军事斗争和苏维埃政权有了新的发展。

奇袭泰和县　四打万安城[*]

肖　锋

大革命失败后，很多共产党员被国民党反动派杀害，但共产党员没有被吓倒，继续同敌人进行斗争。在党的八七会议精神鼓舞下，中共赣西特委和万安、泰和党组织领导农民进行了武装暴动。在暴动的浪潮中，我放下了裁剪刀，拿起梭镖参加了农民自卫军（以下简称"农军"）。

1927 年 8 月中旬，万安县委派曾天宇等人到南昌找省委领导人，反映了万安农民自卫军等革命情况，接受了党中央关于秋收起义的指示，决定用武器回击国民党的屠杀政策。10 月中旬，在罗塘召开全县党的活动分子会议，曾天宇传达了武汉八七紧急会议精神和江西省委秋收起义计划。会上，大家分析了形势，制订出秋收起义的具体计划，由曾天宇等人起草。省委代表汪群、赣西特委曾延生参加指导起义

---

　　[*]　本文原标题为《奇袭泰和县与四打万安城》，收录时做了适当修改。

工作。并决定组成 3 个纵队,成立了暴动委员会。县委领导曾天宇、张世熙、刘光万、张世纲等人,一致同意第一次起义时间定为 11 月上旬,先利用 11 月 7 日庆祝俄国社会主义革命成功十周年,为检阅工农武装暴动的准备。当时万安城里守敌是刘士毅第九旅的 1 个团和第十四军的 1 个工兵连,加上县靖卫团,约 2500 人,敌人的力量是强大的。

11 月 19 日午夜,我方组织了 2500 多人,分三路第一次围攻万安城。当时,我是张世熙担任总指挥的第一纵队第四大队的红旗手。张世熙亲自到东北门指挥爬城,把东南门靖卫团外围岗哨砸碎。刘士毅旅守敌冲出城外向农军反击,激战三小时,由于敌人火力很强,我第一、第二纵队农民退到河东,第三纵队退到河西山地。

泰和三十都秋收起义后,农民自卫军号称"赣西南农军",康纯(泰和县委书记)为总指挥,肖玉成为副指挥。康纯与县委委员翁德阶、肖拔群商量,决定攻打泰和县城。一听要打县城,大家个个摩拳擦掌,群情激昂,整装待命。当时,万泰有两支武装的农民自卫军共百余人。为取得攻打泰和县城的胜利,康纯与万安县委领导人曾天宇、张世熙联系,请万安农军协同攻城,并约定时间为 11 月 26 日上午开始攻城。曾天宇说,万安农军可以化装成国民党十四军一〇四团,奇袭泰和县城。康纯非常高兴,提出还可以组织千名群众手持梭镖、大刀等武器在城外等候,万泰农军从城外坐船由南门、西门进城,万安农军负责攻打县政府,泰和农军负责宣传、维护治安等。他俩商定行动计划后，便分头进行部署。康纯调泰和三十都农军400多人以赶圩为名，连夜向北转移至太原、西冈、塘洲一带隐蔽；调河西三都农军200多人迅速赶到谢家垄，配合万泰农军行动。在攻打泰和县城之前，万泰农军领导人对我说："小肖你胆大机灵，由你担任红旗手，到时候你走队伍前头，把旗举得高高的，为大家开路。"我高兴地接受了这个任务。

11月25日夜，我带着两面旗帜，跟随万泰农军队伍乘一艘小火轮，半夜到达万安窑头停下，康纯与曾天宇又再次细心地研究了如何巧攻泰和城的具体行动方案。翌日凌晨，万泰农军由窑头乘火轮顺河而下，在泰和城南门下船。我扛着国民党军一〇四团的旗子走在万泰农军队伍最前头，我们的队伍大摇大摆地向县城进发，受到沿途靖卫团哨兵和县政府官员及豪绅地主毕恭毕敬的欢迎。他们列队两旁点头哈腰地向我们这支"国军"道好，有的在旁边议论说："这下好了，国军一来，县城有保障了，幸哉！幸哉！"我暗暗好笑，心想恐怕连你们自己的脑袋也保不住。

我们进城后，迅速向县政府驻地万寿宫奔去。9点左右，农军刘子杰拿起木棒，对着古钟用力敲打，"当！当！当！"洪亮的钟声传向县城四面八方，顷刻间城内外一齐行动，隐蔽在城西谢家垄、城东永昌市的农军齐声呐喊，潮水般涌进泰和县城。县政府官员和豪绅见势不妙，有的如丧家之犬，落荒而逃。曾天宇举起手枪，大喝一声："我们是共产党游击队！马上放下武器，谁要乱动，就不客气！"朱玉海率不足 20 名泰和游击队员在万寿宫大门外警戒。我见时机已到，便将插在县政府内的国民党青天白日旗扯下来，升起了一面斧头镰刀的红旗。红旗高高飘扬，敌人吓得魂飞魄散，纷纷交出身上的武器。有四个人掏枪企图反抗，当场被击毙三名，一人逃跑。我们活捉了绝大多数国民党县政府文职人员，只有县长高本初、财政科科长张逢时从后门逃走。当场缴获长枪短枪 20 多支、银圆 4000 元，捉住了四个土豪劣绅。曾天宇、康纯率游击队由地下党员郭合和带路，向县政府大楼西边仓库跑去，收缴长枪 36 支、子弹 6 箱、冲锋刀 60 把。而后向西街开进，在农军的协助下，将靖卫队队员打死两名、活捉十多名，缴枪 8 支，打开了牢房，释放了 100 多名"政治犯"和群众。城外 1400 多名农军涌进城后，分两路包围了靖卫团后方。还有一个连，经过 20 多分钟的巷战，打开西门，打死敌人十多名，打伤 50 多名，缴枪 70 多支，俘敌 100 多名。

战斗胜利结束后，两县游击队和农军派一部进到沿溪渡方向警戒敌军，大部扛着红旗和缴来的快枪，押着垂头丧气的俘虏，有秩序地乘船向东撤出了泰和城。这一仗农军只牺牲五名战士，伤员十多名，敌人除主犯外，其他俘虏都陆续释放了，实在是打了一个漂亮仗。

由于游击队和农民自卫军声势很大，桥头镇回援和吉安增援敌人不足两个营，行动非常谨慎，进展十分缓慢，到晚间只宿沿溪渡，没敢进泰和县城。万泰游击队由赣江坐船东撤永昌市缸瓦窑后，曾天宇率万安游击队回龙溪根据地去了。三都圩农民自卫军向西撤到高田、凌圹等地，派郭合和在城里粮食库监视敌人，为泰和游击队与农民自卫军第二次攻城做好准备。我们游击队和农军分别乘木船到永昌市乡村待命，那两只火轮船也放在永昌市缸瓦窑村河边隐蔽起来。

第一次打泰和城就取得了这样的战果，我们万泰游击队和农军甭说有多么高兴了，大伙都说，敌人装备好，但我们穷人人多呀！只要团结起来不畏难，我们就能翻身。队伍从江边退回塘洲之后，组织派我等人以做裁缝为掩护，到赣江边永昌市监视吉安援敌动态。

12月24日，敌十四军两个连护送白军匪首李思愬返回赣州，在途经窑头时，被三名农军岗哨发现，设在窑头的第一区农会，立刻通知沿江农军截击。敌军钻进了万安城，农军4000名自发地发起第二次攻万安城，激战一天，农民自卫军不愿后撤。万安县行动委员会参谋部派人劝说，让我们准备下个星期日再次围攻万安城，经多次说服农民自卫军才退围万安城。12月30日，8000名农军第三次围攻万安城，我军英勇冲杀，战斗紧张激烈，农军一度占领了北门和东北门，但终未攻克，又遭反扑，被迫退回。

我在窑头圩参加农军活动时，曾天宇同志号召：我们要继续准备战斗，打下万安城，迎接革命新高潮的到来，不给白军喘息的机会。这个号召得到了农民的积极响应。根据数次攻城未奏效，县委派张世纲同志到井冈山向毛委员汇报。当毛委员收到万安县委曾天宇等同志来信后，就复信："万安革命的同志们，我们10月份来到井冈山，目前正在加以整理。听说万安县同志们革命热情很高，曾几次攻城，但没有打下，现我派人送信与你们联系，是否要我派部队帮助，希回信。"张世纲带信回到万安后，向曾天宇和工农群众传达，大家十分高兴。

1928年1月2日，曾天宇等人在罗塘召开党的积极分子会议。会上，中共长江局代表王益庆（余球）主张：现在不要请毛委员派人打万安，还是先让工农革命军第一、第二团先打遂川城。他指出，该城只有敌王均师工兵营的1个连。肖家壁、罗普全靖卫团战斗力很弱，不堪一击，希望毛委员派人把赣州大路堵住，让白军向万安逃跑。曾天宇、张世熙同志带些游击队、农民自卫军到横岭背打伏击，使用工农革命军的旗号，敌工兵连遭到伏击后，必然向万安逃跑，这样好借敌工兵连的嘴宣传毛委员的声势。军阀刘士毅若向赣州撤退，我们万安游击队可派农军在南门外截击，北可克万安，南占遂川。后来毛委员同意了这个意见，并派一支小部队去支援，一切准备就绪。

第四次攻打万安城是在1928年元月。1月5日，毛委员派红军第三次攻打了遂川，派了50多名小部队协助万安县曾天宇等领导的游击队。万安守敌刘士毅的十四军二十四师一二六团，已在之前闻风乘火轮向赣州逃跑了。万安县工农兵经过四次攻城，终于成功攻占万安。曾天宇同志集合工农群众和红军在广场、码头，庄严宣告万安县在共产党领导下，在赣江东岸成立了第一个工农兵县苏维埃政府，刘光万担任县苏维埃政府主席。县城的东西南北大门竖起了鲜艳的红旗，看着迎风飘扬的红旗，几万农军激动地高呼口号，欢呼我们革命暴动的第一个胜利。

1月22日，赣敌决定调永新县杨如轩师的七十九、八十一团分两路，后又加上赣州国民党第四十六军方鼎英部1个师的兵力，南北夹击，从西码头冲进万安城里来。我军被迫放弃城镇，但农军有秩序地撤出了万安城。康纯带着泰和县紫瑶山游击队（连赤少队）百多个人，我任该队第一小队队长，经天马山、平源抵龙溪，支援万安县苏维埃政权西转。曾天宇指挥游击队、县机关向蕉源圩转移。我们有效地保存了革命力量。

在蕉源圩，张世熙、刘光万等同志召开万安县委紧急会议，认为革命处在困难时期，决定将万安革命势力分成三部分：一部分农军上井冈山；另一部分30多人转向东固革命根据地继续战斗；主要力量由张世熙、肖子龙等留在河东兴国、万安广大山区，依靠农民群众，在万安坚持游击战，迎接革命的新高潮。敌人下令各处逮捕了万泰地区参加攻打万泰城的一些人员。但是，敌人的叫嚣与屠杀吓不倒已经觉醒的工农兵大众。第四次攻打万安城的胜利，唤醒了千万工农兵团结起来闹革命。同时，为嗣后组建万泰县，以及成立红色游击队、独立团，武装保卫工农兵的苏维埃政权奠定了基础。

我深刻地体会到，没有共产党的领导、没有武装斗争，就没有工农大众、就没有自己的解放道路。只有用革命的武装去打败国民党的反革命武装，工农才能得到解放。

万泰暴动[*]

施有桢　肖皇才

　　1927 年党中央八七会议的召开，极大鼓舞了万泰人民的革命斗志。两县党组织，在中共赣西特委的领导下，组织农民自卫军（以下简称农军），开展农协活动，举行秋收暴动，严厉打击了国民党的反革命势力。眼看万泰人民革命高潮即将到来，国民党泰和县县长高本初为镇压革命，勾结驻县匪军，暗中积极向吉安国民党当局请领大批枪支，组织地方武装靖卫团等。中共泰和区委得知这一情报，便在河东冠朝、上模一带，加紧组织农军，准备攻打泰和县城，夺取敌人武装，扩大革命力量。为保证攻城的胜利，中共泰和区委派出肖拔群等赴万安邀请曾天宇领导的赣西农军前来支援。

　　经过一番筹备，于 1927 年 11 月 25 日晚，泰和农军数百人带有来复枪十余支、"猪婆仔"炮两门、鸟铳 40 余支及

----

*　本文原标题为《回忆万泰暴动》，收录时做了适当修改。

梭镖、大刀等若干，由康纯、肖南熏率领开往泰和县城。与此同时，由曾天宇、肖玉成、刘兴汉率领的万安农军，伪装成国民党军，也从百嘉乘船顺赣江而下。到次日黎明时分，万泰两路农军（我们均为当时农军暴动队员），于水南勘会合后，由万安农军做攻城前导。当农军乘早晨大雾火速靠近县城时，市民还未起床，大街上静悄悄的。县政府门口站着一个瘦猴似的哨兵，农军中的一个排长上前对哨兵说："我们是保安司令部的，来这里维持地方治安，有事要和你们县长商量！"那哨兵一听说是保安司令部的，又说要找县长，两脚一并，规规矩矩行了个军礼，连声说："官长稍候，官长稍候！"随即跑进县长公馆报告去了。就在此时，农军大队人马蜂拥入城。肖拔群、郭合和等率领城内工人以火警为内应，顿时城里大乱，街上响起一阵阵越来越接近县政府的脚步声，县长高本初心里紧缩一下，恰好这时哨兵又来报告说来了保安司令部很多军队。高本初自言自语地说："真见鬼，没有接到司令部进城的通知，怎么忽然一大早就来了呢?"他转念一想，不由得弹跳起来，咆哮怒叫："浑蛋，是共军，快给我紧闭城门！"高本初这条狡猾的狐狸，急忙穿上早已准备了的破衣服，独自一人翻墙往吉安方向跑了。农军顺利地攻进泰和县城，缴获敌人枪支70余支、子弹6箱、冲锋刀60把，并打开监牢救出同志100余人后，随即退出县城。

为进一步打击敌人，更有利于开展抗租抗税斗争，康纯等领导便计划在敌援到来之前，率农军再次进城，彻底烧毁县政府的粮册。次日天还未亮，农军400余人秘密渡过赣江，连夜急行军，集结到县城南门口后，按预约时间鸣发信号枪，此时我党打入在县城粮柜工作的郭合和等人，听到枪声立即在城内鸣枪响应，并在大街上高声叫喊："农军又进城了！"顿时城内又出现一片混乱。趁此机会，农军猛攻城门，蜂拥而入，直冲县政府，把粮册及文书档案通通搬了出来，用大火烧成灰烬。

与此同时，农军还缴到县政府银圆两桶半及铜印、手枪等若干，待天色已亮，农军陆续进城后，农军一边对人民群众进行革命宣传，一边把缴到的银圆分给进城的农民。当时，群众深受感动，不少人当场要求加入农军队伍。农军在县城经过数小时战斗后，为防止敌人的突然反扑，便放火烧了城门，迅速撤出泰和城回河东驻地去了。

奇袭泰和县政府之后，泰和农军便接到前去支援攻打万安县城的通知。为充分做好迎接新战斗的准备，泰和农民在康纯、肖拔群、翁德阶、胡运春、肖南熏等人的率领下，近千人集中在上模螺龙村进行为期10天的紧张训练。农军每天除了操练军事技术外，还要上政治课，大讲革命形势和任务，以提高思想觉悟、组织纪律性和战斗力。

12月24日，农军经过挑选的600余人在康纯、肖拔群、翁德阶、胡运春、肖南熏的带领下，浩浩荡荡开赴万安，参加攻打万安县城的战斗。每人除随身携带武器外，还备有四天的干粮（主要是番薯干），及登城用的梯子、爬杆、绳索等。经过一夜急行军，泰和农军在距离万安城不远的舍下村与万安农军会合。随即，两支农军队伍便分别向城东、城北两门进攻。泰和农军集中枪炮火力猛烈攻开了城东门，并打死数名白匪，队伍纷纷冲入县城街口时，却遭到数倍于农军的敌人的阻击。经过激烈搏斗，终因寡不敌众，被迫撤退到城外。与此同时，万安农民在进攻北门的战斗中，也因敌我力量相差悬殊而未攻克。两支农军决定暂时后撤，整顿队伍以备再战。

康纯等人领导的泰和农军退至万泰边境后，继续进行整训，拟订新的战斗计划。12月31日，泰和农军再一次与万安农军联合攻打万安县城，此次仍由康纯率泰和农军沿罗成桥向县城东门进攻。由于驻城敌人增加，农军土制枪炮火药缺乏，攻城仍未成功。但农军指战员还是人人情绪饱满、斗志高昂，决定回撤，再做准备，战胜敌人。

1928年初春，就在万泰农军满怀信心，准备再次进行战斗，誓夺革命胜利的时刻，国民党反动派不甘失败，不断增派军队，扩充武装靖卫团，并成立了遂（川）永（新）宁（冈）万（安）泰（和）"五县联防指挥部"，设立地方"挨户团"，妄图扑灭人民革命的熊熊烈火。

1928年1月21日，万安农军第二、第四、第五纵队撤到泰和心田地区，敌人跟踪而来，杀人放火，无恶不作，万泰农军联合阻击。1月23日，国民党军增派兵力，继续扩大

"围剿"范围。在上模螺龙一带,农军奋起抵抗,屡败敌人。但终因敌众我寡,弹尽粮绝,农军战士无法坚持,被迫转移到万安兰田一带。当夜,康纯等领导人经过研究,继续组织向敌人反攻,但未获胜利。1月28日,敌增驻万安八十一团又前来参与围攻农军,情势十分危急,农军即退九龙坑。此时,万安农军领导人肖玉成特地来到兰田,邀泰和农军领导人康纯率队转战井冈山,投奔红军。经过研究,认为万泰边境目前群众已经发动,革命情绪甚为高涨,需要加强领导。假如眼下要突出重围,队伍外拉,目标大,易受更大损失,还会对群众的革命情绪产生不良影响。因此不宜匆忙上井冈山,只能采用"敌进我退,敌退我进"的战略战术与敌周旋作战或就地隐蔽。农历元宵节刚过,大约是2月上旬,反动派更疯狂地采用"封锁分化、步步逼近"的毒辣手段,妄图置农军于死地。敌人一方面到处张贴布告,蛊惑人心,宣称捉到康纯等人悬以重赏;另一方面加紧向农军驻地"会剿"。

农军面临恶劣情势,被迫再次退到烂泥坑、九龙坑一带。2月中旬,敌人进一步加强封锁与进攻,狮古坳一战,农军弹尽粮绝,伤亡甚大,加之当时内部又出现了叛徒,万泰边境一些地方党组织被破坏,很多同志被杀害。在这危急关头,为保存革命力量,泰和党组织决定把农军暂时解散,分别回家隐蔽。肖拔群在农军大会上,向同志们说明当前敌强我弱的形势和暂时解散的原因,同时发出了"敌退我起"

的号召，要求大家时刻不忘革命，待机集结再战。

敌人仍在步步逼近，层层围攻。2月14日，康纯和万安农军的部分人员在万安枫树坑突出重围，转入罗沅洞、九龙坑继续坚持战斗。由于叛徒告密，19日，康纯等人在九龙坑不幸被周体仁匪军抓住，立即被押往兰田地区的前排村，囚禁十余天，康纯等人在敌人的各种引诱和酷刑面前英勇不屈，3月3日在松林洲河边，康纯被万恶的敌人枪杀了。那天同时被杀的还有万安的肖传谓、肖冠球、肖连、肖高等29人。几乎在同一时间，泰和农军的另几位领导人肖拔群、翁德阶、胡运春同志在万安八斗和枫树坑被敌所捕，翁德阶、胡运春的首级被反动派用藤条穿着押解到泰和，悬挂在南门城头示众。肖拔群在城南门被敌人挖出心肝，来往群众见了，无不失声痛哭，憎恨不已，痛骂反动当局惨无人道。国民党反动派在万泰边境疯狂"会剿"农军，前后横行40余天，光在松林洲杀害我革命同志就达40余人。

万泰人民的秋收暴动，由于敌强我弱，加上本身缺乏斗争经验而告失败。但通过这次革命斗争，人民群众更觉醒了，斗争意志更加坚强了，思想上更明确地认识到：对黑暗统治、对万恶的敌人，只有起来革命，同他们开展斗争，才能有自由解放的希望。万泰秋收暴动，为以后苏维埃政权的建立和土地革命的开展打下了思想基础。

珠湖风雷震

李德旺

1927 年 1 月，中共党员李新汉、李烈、余烈生、余成祥来珠湖开展革命活动。他们白天深入田间地头，晚上走门串户，宣传革命道理，动员贫苦农民参加农民协会，同土豪劣绅开展斗争。

2 月的一天晚上，李新汉在雨田村李广元家里开会，成立珠湖农民协会，到会的有刘维显、曹仁德、曹经清、周书经、徐蓬山、刘月发、刘田发、李水生、李炳洋、李万年、李遇臣和我等十几人。会议要求大家积极发展农协会员，尽快把各村的农民协会成立起来。同时，还推选我和刘维显、曹经清三人代表珠湖参加县农协在鄱阳小龙桥召开的群众大会。县农协主席陈绍平主持大会并发表了讲话，会后进行了示威游行，群众高呼："广大贫苦农民团结起来！""打倒土豪劣绅！""实行耕者有其田！"这次大会对全县各地农民协会的建立和农民运动起了推动作用。

3 月，珠湖农协和各村农协相继成立，被组织起来的农民，革命积极性空前高涨，向封建势力展开了猛烈的进攻。这年珠湖闹春荒，贫苦农民没得饭吃，农协就发动农民开展借粮赈荒斗争。农民推举刘维显、曹经清、周书经、李修来、胡冬桂、曹元德、李遇臣和我到鄱阳找到县长桂如丹，要求借粮借钱度春荒。我们的行动得到了县农协主席陈绍平等人的大力支持。县长桂如丹在群众的压力下，拿出粮食 200 石、铜币 200 吊赈荒救灾。我们得胜回到珠湖，即在刘家祠堂分济贫苦农民。接着，我们又在刘家祠堂对面的南荏庙召集贫雇农民开会，发动和组织农民开展减租减息斗争，提出"新债还 30%，旧债不还"的口号。当时的革命形势很好，土豪劣绅不敢公开地反抗，勉强接受了农民的要求，同意减租减息。

　　正当农民革命运动蓬勃发展的时候，蒋介石发动了四一二反革命政变，使轰轰烈烈的大革命运动遭到失败。鄱阳县的国民党反动派大肆破坏农民运动，捕杀共产党员和革命群众，迫使党的活动由公开转入秘密，革命运动处于低潮。党的八七会议之后，中共江西省委为了加强对鄱阳县革命斗争的领导，派特派员刘士奇兼任中共鄱阳县委书记。刘士奇到任后，在距县城七八里远的风雨山召开了历时两天的党员大会，传达了党的八七会议精神和中共江西省委的有关指示。会后，中共鄱阳县委就如何恢复和重建农民协会，如何发动与组织农民武装暴动等问题进行了具体研究，决定以珠湖地区为中心，把珠湖、肖岭、龙山、华山作为鄱阳县的革命活动区，积极发动群众，建立健全各级农协组织和其他群众组织，为秋收暴动创造条件。

9月初，上级党组织先后派欧阳昆、余铁生等共产党员来珠湖协助县委发动群众，开展革命斗争。经过一段时间的活动，珠湖的群众基本上发动起来了，各村的农协也都先后恢复和建立起来了。在此基础上，欧阳昆在铺田雷云山庙里召开秘密会议，选举产生了珠湖苏维埃政府。参加会议的有雨田、铺田、三门、路口、华龙、荣七、徐家、曹家、周家、朗埠等村的农协代表105人，我作为路口村的代表参加了这次会议。经过会议选举，一致同意雨田村李遇臣为苏维埃主席，曹家村的曹仁德为副主席，雨田村的李炳洋为军事部长，徐家村的徐蓬山为副部长，三门村的李水生、荣七村的刘月发为文书，曹家村的曹经清、曹九斤与路口村的李德旺及荣七村的刘维显、刘田发、李荣冬为执行委员。参加会议的人都进行了宣誓，誓词是："打倒国民匪党，打倒土豪劣绅，铲除封建势力，实行土地革命。"口号是："共产党，铁犁头，只前进，不后退；被敌抓住不招认，死了再来过；杀敌一人刚够本，杀敌两人赚一个。"而后，在一张红纸上签字画押，上名册，表示永不反悔，名册由苏维埃主席李遇臣保存。

珠湖苏维埃政府成立不久，我们接到鄱阳农协派专人送来的信函。信函说：九江党组织的罗某（名字记不起来了）

投敌叛变，现正在鄱阳，还要去珠湖，你们要提高警惕，并设法将其就地处决。县农协主席陈绍平派人跟随罗某来珠湖，罗某来到珠湖后，我们把他安排在三门村，由李水生接待。吃晚饭时，由李遇臣、李仁德、周书经、李炳洋、曹经清和我作陪。晚9点许，我们假借开会，让他会见到会人员，带他向界圹老虎山方向走。当时规定到老虎山时，以划火柴为信号，由李余喜用匕首刺死罗某。快到老虎山时，我们事先安排好的几个人也迎面赶来。这时，李水生划了一根火柴，李余喜手握匕首猛刺过去，匕首从罗某的脖子边擦过，罗叫一声，刚想要跑，被徐华林举刀迎头砍来，罗某惨叫一声倒在地上死去。

10月中旬的一天晚上，珠湖苏维埃主席李遇臣和执委刘维显、曹经清和我在高椅墩针匠盛师傅家开会，到会的有30多人，都是各村苏维埃代表，会议内容是研究打土豪分田地和秋收暴动问题。我们的活动，不知怎的被珠湖土豪劣绅李衡山、刘地之、李德元探听到了，他们立即将这一情况密报给鄱阳县政府。县长宋德炘遂派靖卫大队副大队长宋琼带30多名队丁连夜赶到珠湖，其指挥部设在李德元的小老婆刘小兰家里，准备进行大搜捕大屠杀。下半夜3点左右，我和李荣冬、李德俊、李维贞开完会回来，走到大宗里与半元里之间的小坝上时，敌人哨兵问："哪里的?"我立即意识到情况有变，便小声对其他人说："不好，来匪了，快走。"我们刚转过身来，哪知枪声四起都是敌人。李德俊、

38

李维贞在混乱中逃脱，李荣冬和我被敌人抓住，押到路口村祠堂。路口村农协通信员李兴祥知道后，立即鸣锣晓众，他右手的一个手指被敌人射来的子弹打断，还坚持敲锣。路口村和附近村子的贫雇农民听到锣声后，即从四面八方赶来，云集在路口村祠堂周围，高呼："不准乱抓无辜，放人！放人！"路口村农协会员李宝元、李丰圣、李先有、曹经清等人手持扁担和棍棒，勇敢地冲上去和敌人厮打在一块，并乘机抓住了 4 个敌人，缴了 4 支枪。他们把这 4 个敌人捆绑起来，掷进李松彩家的灰坑里，派人严加看守。靖卫大队副大队长宋琼急忙命令集合队伍，准备把李荣冬和我就地处决时，发现少了 4 个人，就未敢当场下毒手，而是把我和李荣冬以及在花桥抓到的李修来三人押往县城，戴上手铐脚镣投入监牢。

珠湖苏维埃政府召开紧急会议，经过慎重研究，决定广泛发动群众，以请愿的方式围攻县城，营救被捕的同志出狱。结果只用了两天时间，就动员和组织起 3000 多农民群众，自带干粮、自备盘缠，高举农协犁头旗，扛着锄头、扁担，手持刀、棍棒和鸟铳，抬着被敌人打伤的农民，在徐蓬山、刘维显等人的带领下，浩浩荡荡地向县城进发。国民党县长宋德炘怕农民进城后不好收拾，即令县财委会主席方辅升、靖卫大队大队长李华锋等反动家伙出面调解，未果。农民进城后，李华锋和县政府秘书糜平阳再次出面调解，他们问："你们农民为什么要进县城闹事？"群众异口同声答道：

"你们为什么要抓我们的人？不把人放出来，我们是不会撤出县城的。"并把糜平阳扣下做人质，叫李华锋回去放人。敌县长宋德炘怕事态扩大，被迫接受了农民提出的要求，无条件将我和李荣冬、李修来释放，并给受伤的农民发了治伤费用。群众热烈欢呼："我们胜利了！"

11月，中共赣北特委改组，原赣北特委书记林修杰调任鄱阳县委书记。林修杰来到鄱阳后，即与李新汉共同检查了珠湖暴动的准备工作。为了加强对暴动的领导，在珠湖正式成立了鄱阳县苏维埃政府，由林修杰担任县苏主席，李新汉、李烈、徐蓬山、刘维显、李荣冬等人为县苏委员。从此，珠湖苏维埃政府便在中共鄱阳县委和县苏维埃的领导下，积极发动和组织农民进行暴动前的各项准备工作。买枪没钱，就以各种名义向地主豪绅摊派，对不能按时缴纳者加倍处罚。多数土豪不敢公开与农协作对，能按时如数缴纳摊派之款。唯有雨田村的大地主李衡山敢耍阴谋，他一面对抗拖交，一面纠集地痞流氓和落后群众成立民团。他说："只要你们能顶住这帮穷小子，我的家产可拿出一半来分给你们。"在雨田村，他们打开祠堂，杀猪聚众、大吃大喝，扬言要同苏维埃决一死战，说穷小子们敢到雨田村来派款，就杀了他们。

为了打击李衡山的反动气焰，县苏维埃决定，发动和组织农民攻打雨田村，捉拿李衡山。11月28日，珠湖农民5000余人手持各种土武器，在周书经、刘维显、曹元德等

40

人带领下，以向李衡山、李遇春清算公款和债务为由，分四路开赴雨田村。各路农民大军，打着红旗，敲着战鼓，喊声一片，杀声连天，在快冲进雨田村时，与反动民团相遇，各路农民暴动队伍奋力冲杀，打得民团纷纷败退。珠湖苏维埃主席李遇臣在与民团的冲杀中英勇牺牲。暴动的农民占领雨田村后，杀死民团团丁三人，烧了李衡山的全部房屋和账簿、田契500多份，缴获粮食300多担，黄烟100多担。可惜没有捉到李衡山和李遇春。当场把粮食、黄烟、耕牛、农具、衣物等分配给了农民，取得了暴动的胜利。

攻打雨田村的胜利，大大鼓舞了群众的革命斗志，群众纷纷要求攻打县城，活捉李衡山和李遇春。经中共鄱阳县委和县苏研究，决定积极进行准备，伺机攻打县城。正当各项准备工作顺利进行的时候，因叛徒告密，李华锋带靖卫大队突然包围了县委和县苏机关驻地，县委、县苏的主要领导人林修杰、周菽函不幸被捕牺牲，机关遭到破坏。国民党县长宋德炘调集士新区靖卫团、省警卫一队、县靖卫大队、民团和胁迫来的群众，共有6000多人，在士新区靖卫团团长程孺、县靖卫大队大队长李华锋带领下，由李衡山、李遇春带路，兵分三路向珠湖扑来。面对强敌，农民暴动队伍进行了英勇抵抗，激战两小时，终因敌我力量相差悬殊，未能阻击住敌人的进攻，珠湖被敌人占领。敌人在扑向珠湖时，沿路烧杀掠夺，捕杀革命者。在路上捉到雨田村的李万年，押解到刘家村枪杀。敌人进入珠湖后，混进农民队伍中的坏分子李老五把珠湖苏维埃政府工作人员名单交给了李华锋，并因此获得了16亩田地和300块银圆的奖赏。一时间，白色恐怖笼罩珠湖，鸡飞狗跳，腥风血雨。李荣冬在西垄被捕，曹九斤在洪家被捕，两人都被杀死在鄱阳。徐华林、李水生在游城被捕，押往南昌电死。敌人杀害的共产党员和革命群众总共33人。轰轰烈烈的珠湖农民暴动，被敌人镇压下去了。

　　1930年8月，李新汉率领一支红军队伍，从弋阳经乐平来到鄱阳四十里街。在珠湖坚持地下斗争的李有梅、李元兴、李炳洋闻讯，赶到四十里街迎接红军。红军到珠湖后，驻在铺田，有500余人枪。李新汉分兵深入各村，发动群众，打土豪，分田地，烧借据，开粮仓，斗坏蛋，使贫苦农民重见天日。苏维埃的红旗再次在珠湖上空高高飘扬。

南乡暴动[*]

贺敏学　蔡　球

大革命失败后，永新就陷入白色恐怖之中。1927 年 8 月，贺敏学和刘作述、贺子珍、贺铁珠、张云锦、胡波、王怀等人带着 1000 余人、100 余支枪，随袁文才、王佐部进入宁冈县的井冈山山区。

到井冈山后，我们常派人潜回小江山区活动。10 月，去找上级汇报工作的刘真回来后，也到宁冈找到了我们，传达了上级指示精神。这时，我们转到永（新）宁（冈）边活动。不久，在小江山区成立了永新特别区委，刘真任书记，贺敏学、刘作述、王怀、贺子珍、尹铎、胡波为委员。这时，毛泽东率秋收起义部队也上了井冈山。

11 月上旬，毛泽东在宁冈县茅坪象山庵召集永新、莲花、宁冈三县党组织负责人会议。永新县参加会议的有刘

＊　本文原标题为《南乡暴动与坚持万年山区的斗争》，收录时做了适当修改。

43

真、贺敏学、刘作述、王怀、贺子珍、刘家贤、尹铎。贺敏学正随工农革命军去打茶陵，接到通知赶回来参加会议的。会议开始，毛泽东要大家汇报各地工作情况，然后，他讲述了"武装斗争和土地革命"问题。他要求各地迅速行动起来，恢复和发展党的组织，组织工农，发动群众，打土豪，分田地，建立地方武装。他要求我们组建永新县委，并指定刘真为书记。从此，开始了井冈山初创时期的革命斗争。

会后，我们回到小江山区，特别区委办公地点在田西村。11月下旬，在田西村召开了党的会议，传达了象山庵会议精神，布置了以后的工作任务。1928年2月永新特别区委改为永新县委，并决定永新党的骨干分子分别到四乡（基本是回到各自的家乡），恢复党的组织，发动群众，组织暴动队，举行暴动。

尹铎回到南乡，在龙见田、上下沣田、辛田、见度组织暴动队；贺敏学带暴动队，由宁冈回到南乡，在七溪岭明心寺会见尹铎，商量决定举行暴动，我们先后打了辛田村的龙光华、白口村的"十老板"、盼上村的龙德普，还有斜陂的龙二朵等土豪。刘洋在万年山区黄竹岭村，秘密组织暴动队，发展20余人，贺坚为队长，范春朵为副队长，在南乡边境打土豪，先后到过洲尾、球坪、坑楼、老仙等村。

1928年4月，朱、毛会师后，成立了中国工农红军第四军。不久，毛泽东率红军来到秋溪（龙源口），他在厚山祠堂召集秋溪、厚山、横溪、黄舍、白口、榨源等村过去曾是农民协会代表及村干部的会议。他讲话的大意是：现在要开始进行土地革命，要我们把农民团结起来、组织起来，成立农民协会，组织暴动队，打土豪，分田地。他还说，明天，我们在龙源口召开一个群众大会，把周围的群众都请来参加。周围群众听说毛委员要召开会议，纷纷赶来参加，到会有几千人。毛泽东在大会上发表了鼓舞人心的讲话，他讲了很多革命道理以后，号召工农群众团结起来，联合起来闹革命，打倒土豪劣绅，实行分田分地。散会时，各户还分得打龙德普时缴获来的东西。这次群众大会，犹如一个动员令，龙源口周围各村，很快组织起农民协会，并发展了党的组织，不久建立了秋溪党支部，成立了农民暴动队。

秋溪暴动队，是龙源口周围各村联合起来组成的，共140余人，当时高玉厚任队长，蔡球任乡政府主席，后因高玉厚叛变，蔡球兼任队长。秋溪暴动队成立那天，毛泽东派杨岳彬、杨子先、蔡会文三人来参加大会，杨岳彬讲了话，他说："我们代表毛委员和红军表示祝贺！今天农民群众已经组织起了，拿起武器，打土豪、分田地和协助红军打仗，保卫这块红色根据地！"当时的暴动队主要是大刀、梭镖、鸟铳，红军送了几支步枪给我们。

秋溪暴动队是红军帮助建立的，有红军撑腰，人数又多，我们很威风地到处打土豪分田地。第一次，我们就打了三湾村的李秀嵬，罚款500块银圆。接着又打了高家的一个土豪，罚款300块银圆，统统送到黄洋界交给红军做经费。

暴动队的行动，使一些土豪劣绅又气又恨，有的公开跳出来反对，洲上村有一个劣绅叫李泉德，看了我们"打土豪、分田地"的口号后骂道："土匪！要分田，哪有那么容易的事呀！等我们的兵来了，把你们一个个地割出血来！"大家听了非常气愤，马上把这个家伙抓了起来，押送到毛泽东那里请示怎么处理。毛泽东说："这个人是反革命，反革命不杀，杀什么人呢？"于是，我们就召开了一个群众大会，宣布他的罪状，将他杀了。这下子起到了杀一儆百的作用，一些土豪劣绅就不敢乱说乱动了。

1928年4月起，按着毛泽东"波浪式推进"扩大根据地的办法，南乡革命势力发展很快，万年山区之白沙、球坪、石桥、梓砚、曲江、坳南以及东二区靠近绥源山区的罗浮、白银洞、上下茅坪、大小船、夏坪都建立了农工政府和暴动队，胡子杨还带着暴动队的骨干分子，深入到蕉陂茶坪一带去发动群众，打土豪，分田地。5月，暴动队改名为赤卫队。4月至7月在井冈山斗争的全盛时期，虽然湘、赣两省之敌不断来犯，都被主力红军在赤卫队的配合下所打退。整个永新南乡，消灭了地主反动武装，普遍建立了革命政权和永（新）东南特区委，实行了分田分地，并成为井冈山革命根据地的一部分。

8月，湘赣两省之敌进攻井冈山，永新平原地区被敌占领，我们赤卫队的骨干在永（新）、宁（冈）边山区打游击，永新反动派趁势杀回，保安队、挨户团为虎作伥，横行无忌，南乡的大片地区陷入白色恐怖之中。11 月上旬，红军主力在宁冈击破周浑元旅，遂收复了宁冈、永新根据地，我们随主力返回永南特区。

1929 年 11 月，我们率领永南特区赤卫队，配合西、北特区和县直属赤卫队，第三次打下永新县城。我们永新各区赤卫队，为扩大巩固井冈山根据地做出了应有的贡献。

红旗第一次升起在潭口镇[*]

罗贵波

    1926 年年初，陈赞贤、廖贵潭、兰广孚先后从广东省返回江西省南康县进行党的秘密活动。廖贵潭是从农民运动讲习所毕业后回来的，兰广孚是从黄埔军校第四期毕业后回来的。与此同时，在赣州接受了马克思主义思想的朱由铿、钟肇尧也回到南康进行秘密活动。因此，南康县党的组织有了较大发展。在此之前，党的组织较小，发展不普遍，全县只有县城附近的龙回、潭口和凤岗圩等地有党的组织秘密活动，群众运动和群众组织的情况也是如此。

    1927 年，大约在国民党进行"清党"运动前后，廖贵潭（当时他负责县委工作）交给我一项任务，让我进入潭口高小当教员，负责搞学生运动，争取和团结进步教师，赶走反动校长黄培森，并在学校中安插一些我们的人，使学校

---

    * 本文原标题为《红旗第一次升起在潭口镇上空》，收录时做了适当修改。

成为我们的工作据点，为开展工作创造有利条件。学生运动开展得甚为顺利，几乎全体师生都参加了进来。校长黄培森被赶走后，我们以民主的方式选举廖贵潭为新校长。

然而，国民党反动派是不甘心失败的，他们千方百计地进行阻挠和破坏。一方面利用行政手段施加压力，迟迟不给学校备案，不拨给经费；另一方面，又在学生家长中搞破坏，逼迫学生家长出面阻止学生上课，不给学生生活费用，致使学校经费和学生的生活遇到了极大困难。尽管如此，全体师生并不屈服，仍然坚持斗争达一个月之久。学生运动虽然结束了，但其给人们的影响是很大的。

继学生运动之后，我们又发动了一次年关斗争。俗话说："富人过年，穷人过关。"在旧社会，每逢腊月，富人的讨债逼债，对穷人来说的确是一个莫大的灾难。

1927 年 12 月，南康县委在廖贵潭家秘密开会，布置年关斗争，反对土豪劣绅年关讨债逼债。我们印了很多传单，写了许多标语，分头散发和张贴，并决定伺机夺取潭口靖卫团的武器。参加这次斗争的有四五十人，其中除部分共产党员外，还动员和组织了一些秘密农协会员参加。我们选择一个赶圩的时机，散发传单，张贴标语，乘机袭击靖卫团。这是考虑到，靖卫团驻地是潭口的一个大庙，这里是米市，每逢赶圩时，人多杂乱，便于行动。当时，我们都是赤手空拳，没有武器，只准备了几个打狐狸用的炸药制成的炸弹。由于没有武器和计划不够周密，这次行动未能取得预期的目的。我们虽然炸倒了敌人的哨兵，但同时也炸伤了廖忠尧的手指。敌人听到爆炸声后，纷纷跳窗逃跑。我们事先没有防备敌人这一着，又手无寸铁，对逃跑之敌无可奈何，只好自动撤退。

尽管这次行动未果，但它的影响还是不小的，那年年关土豪劣绅向贫苦农民讨债逼债的凶劲比往年有所收敛了。相对地说，通过这次斗争，使群众的阶级觉悟提高了，对土豪劣绅的压迫剥削敢于进行积极的反抗了。对党组织本身来说，也在这次斗争中吸取了有益的经验教训，扩大了党在群众中的影响，积累了斗争的经验。

在年关斗争后不久，赣南特委派丛允中来南康，向县委传达了赣南特委关于组织各县农民举行武装暴动的计划，并指示南康县也要迅速组织暴动。从当时潭口的实际情况看，并不具备举行暴动的条件，因敌我力量对比悬殊，全县的共产党员不到百人，其中潭口不到 20 人，有组织的群众仅有五六百人；全部武器只有朱德率部经过信丰和南康龙回时留下部分武器中的 4 支步枪、1 支驳壳枪和极少数子弹（驳壳枪归我使用，仅有 9 发子弹），而国民党反动军队在赣州驻扎两个团，在南康驻有一二百人，在潭口驻有反动靖卫团四五十人，距潭口 20 里的唐江、凤岗也驻有反动地方武装。潭口距赣州仅 40 里，距南康县城仅 30 里。这些地理和军事上的因素，对暴动是很不利的。所以，我们认为举行暴动的困难很大，提出了待条件成熟时再行暴动的建议，但丛允中坚持特委原意,要我们马上举行暴动。南康县委为了贯彻党的八七会议精神,执行赣南特委指示,还是通过了在潭口举行武装暴动的决议。

1928年1月,我们组织一支100多人的队伍,由我和兰广孚指挥。当时,我们除有4支步枪和1支驳壳枪外,其余武器全是大刀、梭镖和一些土铳、土炮。暴动是在一天夜晚进行的,攻打的主要目标是国民党反动派的区公所和靖卫团驻地潭口真君庙。暴动的枪声打响后,由于我们的力量小、事前缺乏思想和组织准备,没有经验,组织部署不够严密,只消灭了靖卫团的一部分,缴获了十余支步枪,靖卫团大部和区公所人员都逃跑了。于是,我们占领了潭口镇,摧毁了国民党区政府,第一次把镶有镰刀斧头的红旗升起在潭口镇的上空。我们占领潭口镇后,天已见亮,我们于当天上午在潭口镇建立了红色政权,名称是"南康县潭口镇工农革命委员会",张贴了革委会的布告,并准备没收恶霸地主兼商人肖厚载的财产分给群众。下午,我们正在召开群众大会时,得知由赣州开来国民党军队1个营的兵力,准备对潭口镇实行包围。因敌强我弱,无力进行抵抗,我们只得立即宣布解散大会,组织群众分头向镇外转移,革命委员会成员带领暴动队向上元转移,后又到了温田。当晚,我们在温田开紧急会议,讨论当前的形势和今后的斗争,大家一致同意,为了保存实力,将队伍分散进行秘密活动。

潭口武装暴动就这样结束了。我们率队突围后,有少数没有来得及转移的革命群众被敌人逮捕，有的被杀害。事后，敌人在潭口继续实行白色恐怖，对革命者大肆报复，使我们党的一些地下组织遭到破坏，有些同志惨遭敌人毒手，也有革命意志不坚定者背叛了革命。与此同时，国民党反动派还派人到处搜捕我们几个负责组织暴动的同志，因此，我们在南康很难开展活动，只好转移到外县参加革命活动。记得我们离开温田那天晚上经过麻陇时，我和易有珍遇到了民团盘查，我们虽然改了名换了姓，还是被他们认出来了，但他们没有把我们送到国民党区公所，反而秘密地把我们放了，并告诉我们走的方向和路线，看来群众对我们党是有认识的，民团中也有好人。

这次暴动未能成功的原因是多方面的，而主要的原因是对敌强我弱的形势认识不足、事先缺乏充分的思想准备和组织准备，再加上缺乏武装斗争经验和周密的计划，失败也就在所难免。暴动虽然失败了，但其使我们党和群众都经受了锻炼和考验，为以后的革命斗争提供了有益的经验，对国民党反动派也是一次沉重的打击。

崇贤暴动[*]

李 挺

　　1928 年，兴国崇贤乡发生了一次颇有声色的农民武装暴动。这次暴动使崇贤与东固革命根据地连成一片，扩大了根据地，发展了游击队，对兴国的革命也有很大影响。我是这次暴动的亲历者，对当时的情景记忆犹新。

　　崇贤位于兴国以北 60 里，故称北乡，因交通不便，政治闭塞、经济落后，地方政权为几个封建大户族长所把持，劳动人民承担着繁重的苛捐杂税和田租的负担，过着极其贫困的生活。

　　在五四运动的影响下，一批追求真理的青年知识分子，如曾燕堂、谢云龙、钟荣福、温良、黄满谦等人先后到广州报考黄埔军校和农民运动讲习所，加入了中国共产党，参加了第一次国内革命运动。

---

　　* 本文原标题为《崇贤暴动纪实》，收录时做了适当修改。

1927年八一南昌起义后，谢云龙、曾燕堂、黄满谦等人先后返回崇贤，领导组织农民运动。是年秋，赣西特委指示赖经邦、叶天雷、曾炳春等人在与兴国、崇贤接壤的吉安东固建立了革命根据地，组建了红军第七纵队。受东固的影响，谢云龙、曾燕堂、黄满谦等人在崇贤、大龙、齐分等地发展党员，建立了崇贤党支部，谢云龙为书记，代号"金龙"。后来又团结一批进步知识分子，以办学校为掩护开展革命斗争。谢云龙、陈绍堂、洪雨龙、上官谱在大龙万寿宫办文龙小学校；温致和、曾树骏、阙祖方、雷贵鹏（李挺）、曾大洪、曾作梁等人在齐分、白石、珠岭、大源、六门一带办起罗家地醒民小学校及两个私塾馆；谢式初、曾燕堂、钟爱群、罗焕南、杨丽源分别在崇贤、太平圩、坳上办起小学校。我们以学校为据点，兼办平民夜校，借以宣传组织农民群众，恢复农民协会。我们吸取了大革命时期农民协会领导权落在富农和中农手里的教训，把贫农中的骨干、中坚分子吸收到农民协会里，进行了阻止粮食外运、议价平卖、抗租抗税、减租减息的斗争，并取得了一些胜利，从而鼓舞了群众的斗志，提高了觉悟，巩固了农民协会组织。

　　党组织为了建立自己的武装——农民自卫队，一方面组建了齐（分）大（龙）游击队，并在白云山淘金坑建立了兵工厂，制造土枪和火药；另一方面指派在崇贤的谢式初、曾燕堂、罗焕南、钟爱群、杨丽源等人做瓦解反动武装靖卫团的工作。当时崇贤靖卫团，是由大地主邹瑞淮、李久旺等筹款买枪，组织起来的一支 40 余人的反动武装，邹瑞淮和大劣绅曾文询分别当上了团总和团长。我们派党员和从农民协会中选出的一批骨干打入了靖卫团，其中钟爱群当了副团长，曾燕堂做了军政教官，这样，靖卫团实际上为我党秘密掌握了。

从 1927 年底，我开始担任党的交通工作，经常往返于东固崇贤之间，向赣西特委报告崇贤的情况，接受特委的指示，回来向谢云龙转达，谢云龙与曾燕堂等人互相之间的联系也是由我负责的。

1928 年，崇贤党支部根据赣西特委为扩大东固革命根据地，向西开辟泰和，向南开辟兴国，向北开辟富田等边缘地区的决定，拟订了崇贤暴动计划，并报赣西特委。暴动的任务是：（1）夺取崇贤靖卫团全部武装，正式改编为人民的武装；（2）铲除地主豪绅邹瑞淮、曾文询等人；（3）举行武装斗争，建立革命政权，使东固革命根据地与崇贤连成一片。赣西特委批准了这个计划，并决定派红军第七纵队参加这次暴动，确保暴动成功。

7 月的一天（农历五月十日），终于迎来了暴动的时刻。天刚蒙蒙亮，我就赶到东固的张家背与红七纵队联络人员接头，而后立即奔向崇贤向打入靖卫团的曾燕堂、钟爱群传达谢云龙的指示：（1）于今晚派打入靖卫团的杨祝三设法把曾文询干掉；（2）明日拂晓红军第七纵队赶到崇贤，包围靖卫团，里应外合举行暴动起义，解除靖卫团的全部武装；

（3）组织群众捉拿大地主邹瑞淮；（4）组织群众集合，进行宣传，扩大影响。

我完成传达指示的任务后，于当日中午，返回贺堂罗家地，接着又启程去张家背迎接红军第七纵队。黄昏前赶到张家背，从方石岭下山，又走了五里高而陡的山路，到了六渡口，天已黑下来了，忽听到拍掌三声，我即应以两声，与红军第七纵队接上了头。见到七纵队党代表曾炳春，我汇报了崇贤暴动布置的情况，然后由谢芳规为向导，带领队伍向大龙进发。我和曾炳春走在前面，轻声细语地边走边谈些情况，走到中美与大龙之间的桥上，与等候在那里迎接的谢云龙见了面。曾炳春与他谈了片刻，我们就奔向大龙天星霸，包抄了恶霸罗爵高、罗镰杨两家，将他俩捆绑起来，押解着随部队向崇贤进发。

曾炳春率队前进，红军战士无一人讲话，无一人掉队，一鼓作气地攀越了 15 里长的高山，直到秀才坳茶亭上才做小憩。而后，我们急行军下山，奔向崇贤靖卫团驻地，将靖卫团包围起来，与此同时，曾燕堂派杨祝三装作急匆匆的样子，气吁吁地跑到崇贤小学曾文询的宿舍，似惊慌失措地喊道："曾团长，曾团长，快！快！团部出事了！"

曾文询听说出事了，觉得情况紧急，赶快爬将起来，披上衣服，提着驳壳枪，就往靖卫团跑，杨祝三紧跟其后，还未等他跑到靖卫团，杨祝三就在其背后开了一枪，这个作恶多端的劣绅便横尸街头。杨祝三回到靖卫团报告说，曾文询已被打死，红军已将此地包围。于是，靖卫团大乱，曾燕堂、钟爱群乘机进行宣传："红军是为穷人打天下的，只杀土豪劣绅，愿意革命的跟我们去参加红军，不愿意干的，放下武器即可回家。"众团丁多数愿意参加红军，少数放下了武器。这样，靖卫团就彻底解决了。

靖卫团解决之后，部队折回来，去打邹瑞淮，把他的土围子团团围住。当地农民听说打邹瑞淮，也拿起梭镖围到邹瑞淮门前呐喊，为部队助威。战士们向土围子里喊话："老表们，出来吧！不要给邹瑞淮卖命了，我们不杀穷苦人！"多时，不见有人应声，我们犯疑了：邹瑞淮这个老乌龟，又在捣什么鬼呀！

我们正想爬上围子，忽然有人喊："邹瑞淮跑了，里边没有人了，冲呀！"原来老奸巨猾的邹瑞淮发现我们去打靖卫团的曾文询，就夹着尾巴逃之夭夭了。我们冲进邹家的土围子，把邹家一囤一仓的粮食，一桶一缸的茶油，一箱一箱的绫罗绸缎、衣服及银圆铜钱统统地拿了出来，分给贫苦农民。顿时，群众欢欣雀跃，高呼"打倒封建统治！""打倒地主恶霸土豪劣绅！""一切权力归农会！"等口号，并纷纷拥到万寿宫会场上。这时，党代表曾炳春站在高高的讲台上高声地向大家讲道："我们是共产党的部队，是人民的队伍，是要打倒土豪劣绅、地主恶霸，替被压迫的劳苦大众谋求幸福的。我们的目的是唤醒劳动人民起来革命，推翻旧的封建统治，实现劳动人民当家做主的权利。"曾炳春讲话后，大会宣布处决大龙天星霸的罗爵高、罗镰杨这两个恶霸地主！于是群情振奋，热烈欢呼："工农革命万岁！"

夕阳西下，人民群众向红军第七纵队挥手告别，异口同声地喊道："欢迎你们再来！"党代表曾炳春回答说："我们一定回来，把地主恶霸、土豪劣绅统统打倒，把他们霸占的山、田、房屋统统归还给劳苦人民，建立人民自己的政权。"

这是崇贤党组织领导人民在红军支援下的一次暴动，暴动的胜利，打碎了千年来农民身上的封建枷锁，铲除了一些恶霸豪绅，给其他土劣走狗一个震慑，使群众认识到只有在共产党领导下，起来革命，进行武装斗争，才是解放自己的唯一道路。这次暴动，除了个别党员和农民协会会员组成游击队外，处于秘密状态的党组织和农民协会均未暴露，未建立公开的政权，在以后的一段时间内，为在敌我拉锯的崇贤游击区里更好地开展革命工作，打下了良好的基础。

安福南乡农民暴动[*]

王锦顺

安福县南乡是个贫穷落后的地方，无田少地的贫困农民一年到头吃的是"糠粑野菜半年粮，芋头番薯是主粮"，过着衣不遮体、食不果腹的贫困生活。每逢青黄不接时，更是难过鬼门关，迫于无奈，只得向地主豪绅借贷。地主豪绅"借一还二"的重贷，逼得穷人卖儿鬻女，挣扎在死亡线上。因此，贫苦农民要求改变现实的愿望非常强烈。早在大革命的时候，南乡的农民运动就已开展得轰轰烈烈。县农民协会会长朱德顶和县农民自卫军领导人曾先后来南乡发动群众，开展农民运动。我参加了南乡加洒农民暴动。

我记得洋门、加洒、上城农民协会成立那天，还开了个热热闹闹的庆祝大会。接着，就实行"二五"减租减息运动。在农协的威慑下，地主豪绅不敢公开反抗，显得服服帖

---

[*] 本文原标题为《安福南乡农民暴动片断》，收录时做了适当修改。

帖,但心里不服,有口无言。农协不仅打击封建势力,而且还惩治陋习,将各村的流氓、地痞、赌徒、鸦片鬼捉起来游乡。为此,贫苦农民无不欢欣鼓舞,扬眉吐气。可是,没过半年,蒋介石发动了四一二反革命政变,大革命失败了,县委书记李精一和农民协会会长朱德顶等共产党员走脱不及,遭敌逮捕,英勇就义,农民协会被迫解散。刚见天日的农民又遭遇阴霾。

就在贫苦农民愁肠百结、徘徊莫展的时候,1928年春节,永新北乡来加洒走亲戚拜年的客人,带来了毛泽东率领秋收起义部队在井冈山建立革命根据地,与南乡交界的永新天龙山区已经建立起共产党特区委,成立了农民暴动队的好消息,还说这一带的农民以鸟铳、马刀、梭镖为武器,开始了打土豪、除恶霸、开粮仓、分浮财的革命斗争。这些振奋人心的好消息,无形中给加洒、洋门、上城的贫苦农民忧郁的脸上增添了笑容,使人们重新看到了反压迫、反剥削、求解放的希望,大革命的火种又开始在贫苦农民的胸中点燃起来。

早稻插秧时,加洒、洋门来了几位农民打扮的永新人,以做手工艺和上门帮工的方式,在贫苦农民中进行串联,宣传革命道理。后来,我们才知道他们是永新天龙山特区委派来的共产党员。不久,永新马岭暴动游击队打土豪路过加洒,并帮助加洒成立了农民暴动队。加洒是个有名的穷村子,几十户人家,只有两户平时偶尔放债的一般富农,没有大土豪可打。暴动队成立后，只对两户富农进行了减息兑现。

加洒暴动队成立后，发展很快，全村贫苦家庭出身的青壮年几乎全部参加，有100多人。领头的叫王昌吉（共产党员），是一位30多岁的农民，他苦大仇深，革命意志坚决，大家推举他当暴动队队长。下设3个分队，每个分队有三四十人，手中的武器很简陋，只有鸟铳、梭镖、铁三叉、马刀，没有步枪之类的武器。

那时，我只有14岁，也参加了暴动队。因为年纪小，王昌吉叫我当吹号员，吹的不是什么洋号，而是用薄铁皮制成的一只土喇叭，吹起来会发出"嘟嘟"的声音，吹不出调子来，我拿着铁皮号，天天练个不停。我看到暴动队的大哥、大叔们臂戴红袖章，队长、分队长颈系红领带，显得既漂亮又威风的情景，也在铁皮号的脖子上扎一条红飘带，使它增添了几分风采。

加洒没有大土豪可打，我们暴动队就根据邻近村庄群众的要求到外村打土豪。前洒村是个较顽固的封建据点，大土豪刘子云在村里成立了"守望队"，熬土硝造竹炮，对付农民暴动队。攻克前洒，对发动附近各村农民起来暴动会产生很大影响。所以，王昌吉决定先打前洒，捉拿刘子云。为了确保攻打成功，王昌吉派人去马岭，邀请马岭暴动大队来支援。马岭暴动大队是永新西北一支较大的队伍，有四五百人，除鸟铳、梭镖等武器外，还有十几支步枪。我们攻打前洒的想法，得到了他们的赞同和支持，答应按约定时间，配合我们攻打前洒。

这天上午，加洒暴动队100多人，在队长王昌吉带领下向前洒开进。当我们来到村前时，发现刘子云组织的"守望队"早有准备，此外，还有在南乡"巡逻治安"的安福县"义勇队"一个班巡逻到前洒。刘子云对"义勇队"一班人的到来，喜出望外，有恃无恐，好不得意。敌情的突然变化，对加洒暴动队极为不利，单凭我们的力量打进前洒村是不可能的，向后撤退又担心敌人追来，对我们更加不利。王队长和三个分队长研究决定，先选择有利地形稳住阵脚坚守，等马岭暴动大队来后，再发起进攻。村里村外的敌人见我们没有后撤，也没有前进，不知怎么回事，他们也未敢向我们开火，双方处于对峙状态。暴动队第一次出村打土豪，就遇到这样意外情况，队员们难免有些焦急。王队长极力要求大家沉住气，其实他自己也很着急。没过多久，马岭暴动大队在我们来的路上出现了，我们欣喜若狂，原来那种焦急心情立即消失了。两支暴动队伍会合后，立即决定兵分两路攻打前洒村。王昌吉队长命我吹起冲锋号，几百人的暴动队伍迅猛向前洒发起进攻。"义勇队"一班敌人见我们来势凶猛，知道村子难以守住，就不辞而别，赶紧撤出村子向县城方向逃跑了。在村边与我们对峙的"守望队"，早已是惊弓之鸟，不战而散，各自逃命。土豪刘子云眼看大势已去，似丧家之犬，落荒逃命。

我们把这个封建据点攻下后，即在村里到处张贴事先准备好的革命标语。接着，就召开群众大会，马岭暴动大队领导人在大会上做了简短讲话，他号召贫苦农民团结起来，跟共产党走，打倒土豪劣绅，实行耕者有其田。王昌吉也在会上讲话。大会开得很热烈，村里的贫苦农民对刘子云敲骨吸髓的剥削早已恨之入骨，群情激愤，会后一齐拥向刘子云的院落，烧了他的房子，分了他的粮食和其他财物，贫苦农民甚是高兴。

攻打前洒的胜利，极大地鼓舞了暴动队的斗志。第三天，我们加洒暴动队又到拓田乡长天垄打土豪。一路上，百余人排着整齐的队伍前进，情绪十分高涨。我紧跟着王队长走在队伍的前头，边走边吹铁皮号，不断地发出"嘟""嘟"的声音，以助军威。暴动队的后面，还跟着很多前去助威和看热闹的群众。当天上午，我们毫不费劲地占领了长天垄村。大土豪刘乙太早已得到消息，暴动队还在路上时，他就吓得逃跑了。我们进村后，在群众的要求下，烧毁了刘乙太的房屋，打开了他的粮仓，把粮食和其家中布匹及衣物，全部分给了贫苦农民。群众的欢声笑语，在田野中回旋，看来暴动是很得人心的。

加洒农民暴动的浪潮在附近村庄引起了强烈反响，各村都效仿加洒，相继成立暴动队。洋门暴动队成立那天，还开了庆祝大会，队长朱准臣在会上讲话。会后，举行了游乡示威，暴动队队员高呼："打倒国民党反动派！""打倒大土豪张子林!"张子林是洋门一带的大土豪,大革命时期,群众对他进行过减租减息斗争,他十分不满,咒骂农协是"一伙痞子造反"。现在,洋门又成立了农民暴动队,他更加怀恨在心。这天,他写了一副"马牛羊鸡犬猪六畜成群,稻薯黍麦菽稷一帮杂种"的对联,贴在洋门桥两边,咒骂农民暴动。为了打击土豪劣绅的反动气焰,暴动队立即把张子林捉拿起来,交给群众进行斗争,旋即押送到永新七都处死。

上城农民暴动队成立时,为了表达对共产党的坚定信念,在本村大祠堂(队部所在地,后为列宁小学校址)门口贴了对联,上联曰:"共产党心火焰红焰烧满天";下联为:"穷人们团结心强烈闹革命"。从此,加洒、洋洒、洋门、上城的农民暴动区域连成一片,革命形势喜人。面对这一大好形势,贫苦农民兴高采烈,喜气洋洋,拍手称快;土豪劣绅则失魂落魄,恨之入骨,纷纷逃往外地躲避农民暴动的锋芒。

正当南乡农民暴动开展得如火如荼的时候,1928 年七八月间,湘赣两省反动派出动重兵"围剿"井冈山革命根据地,大批国民党正规军经南乡向永新进发,沿途村寨驻满了反动军队,上城、彭坊驻有 1 个团部和 1 个营部。此时,外逃的土豪劣绅趁机回来重新组织"守望队"和"清乡委员会",进行反攻倒算,残酷镇压农民暴动。洋门、草塘、洋陂、由路等地的暴动队负责人都被敌人逮捕,后被杀害。从此,南乡各地农民暴动队伍相继解体,轰轰烈烈的农民革命运动被敌人镇压下去了。

我们加洒暴动队队长王昌吉和几位骨干，因早有准备，敌人大搜捕时走得及时，才幸免于难。在加洒村只抓到暴动队班长王培清和一名炊事员。敌人没有抓到暴动队领导人，就把淫威发泄到群众头上，把23名无辜群众一起捆绑起来，押解到上城大祠堂，交给敌营部审讯。敌人对王培清严刑拷打，逼他说出暴动队长王昌吉的去向，王培清面对凶残的敌人，毫不畏惧，始终坚强不屈。第二天，敌人把王培清连同被抓来的群众一起绑赴刑场，准备处死。这天的天气阴沉闷热，当敌人快要下毒手时，忽然雷鸣电闪，倾盆大雨。天气的骤然变化，推迟了敌人下毒手的时间，并吓坏了信奉神灵的营长太太，她感到这是一种不祥之兆，急忙叫勤务兵把丈夫叫来告诫说："你可千万不要冤枉这些人，你看，杀他们老天都不肯，会遭报应的。"作恶多端的敌营长在迷信思想的愚惑下，突然"良心发现"，放下屠刀，王培清和23名群众才得以死里逃生。但敌人并未就此罢休，土豪劣绅对参加暴动的农民处以经济重罚，政治上不给任何自由。同时，还到处张贴布告，重赏抓捕暴动队的领导人。

安福南乡农民暴动虽然失败了，但它在人民心目中产生了巨大影响，革命火种没有被敌人熄灭。没过多久，土地革命战争的高潮到来了，我和村里许多贫苦农民又投入革命战争的行动之中去了。

袁州起义[*]

龚　铁　王福善　刘振鸿

　　1928 年 8 月，受"左"倾盲动主义的干扰，井冈山革命根据地遭到严重损失，边界各县县城及平原地区尽为敌占。那时的莲花城乡一片白色恐怖，湘敌罗定部叶文科团从安福进犯莲花，逃往外地的土豪劣绅朱成荫等人亦纷纷回县，大肆烧杀抢掠，无恶不作，弄得我们无立足之地，全县充满血雨腥风。为了保存实力，积蓄力量，根据县委的意见，党组织和我们独立团暂时离开县城，退往群众基础比较好的上西乡蕉叶冲、马家坳一带进行活动。

　　为了严惩这股匪徒，我们独立团在那里经常深夜行动，乘敌不备，给他们以沉重的打击。但是我们独立团人员少，武器又差，全团只有十多条枪，在当时的条件下，尽管我们尽了最大努力，也暂时打不破敌人占优势的局面。莲花县委

---

　　* 本文原标题为《袁州起义与莲花县独立团》，收录时做了适当修改。

和红色独立团领导决定：派人员到外地取得上级党组织和其他地方党组织的指示和支持，其中谢振国（即龚铁）等人前往安福发现敌占后旋即转到袁州。谢德兴带着他的妻子在车站附近开了一家饭店，谢振兴混进国民党县党部当"师爷"（文书之类的职务），谢振国和谢凤山干起了烧木炭的买卖，杨老头（即杨舌）化装成乞丐或商人，负责联络工作。

一天，谢德兴发现驻扎在袁州城的国民党营长张威精神不振，经常到酒店酗酒解闷。为了探得他的情况，谢振国特意请张威到谢德兴的酒店喝酒了解情况，经过一番谈心，才知道张威喜欢赌钱，把全营官兵的薪饷输光了。团长知道此事，给张威以撤职查办的惩处，因此他天天苦闷不堪，感到前途渺茫。后来知道，张威苦闷不堪，感到前途渺茫的真正原因，是军阀趁国民党缩编之际，排除异己，扩大自己的势力，张威所在部队在被裁之列。张得到这一消息后，决定率营出走，从长沙车站出发，几经周折，才进驻袁州，冒充防军。谢振国根据这种情况，尽量做他的思想工作，启发引导，劝其弃暗投明，起义参加红军。张威迫于环境，加之参加过北伐战争，对共产党有所了解，他意识到只有投奔共产党领导的部队才是唯一的出路，毅然决定投奔莲花红色独立团。

1928年10月20日晚11点，张威在袁州城宣布起义。起义部队在谢振国等人的带领下，星夜向莲花方向靠拢，不料被国民党反动当局发觉，派出 1 个团追赶，在安福境内的武功山附近追上，双方激战，互有伤亡。张部摆脱追兵后，驻在武功山的一个庵中，此时，只剩下 96 条枪了。当时我县委唯恐其中有诈，便派刘春元等人赶到武功山。他们装成抬菩萨的杂工，来到这个庵中，与张威接上了联系。经过几次交谈，确知张威真的开往莲花投奔红色独立团，便带领他们往莲花进发。张威到达莲花九都时，我们独立团在里山大路坪一带，为防止发生意外，团长陈竞进派人与张威联系，假说我们独立团大部到攸县边界去了，只有少数在这里，现在靖卫队正好在坊楼奢下骚扰，如果你们真正投诚，请你们去消灭这股匪徒。张威认识到这是共产党对他的一次考验，于是，他接受了任务，立即率领部队直奔奢下，将靖卫队击溃。我们见此情况，也冲下山去，双方在南陂鸭叉塘会合。会合后，两支部队回到了马家坳，当天我们便杀猪招待了他们。第二天，部队进行了编队，将全团编成 3 个连，番号仍用莲花红色独立团，陈竞进任团长，刘绪训任政委，张威任团参谋长。

经过编队后，红色独立团的力量大大加强了。从这时起，独立团不仅能搞小股袭击，而且可以面对面同国民党的正规军作战。记得张威部来到莲花一个月的时候，县靖卫团勾结攸县的挨户团一起开到田东樊家，妄图把我们打垮。我们得知消息，独立团 3 个连的兵力全部出击，将其击溃。随后，我们又到攸县的柏树下、黄丰桥、脉林桥等地打土豪，解决我们的生活问题，在柏树下的一个鸦片土站里捉了一个土豪，要他交 4000 块银圆，结果只交了 1000 块。就在这次筹款中，我们在柏树下把畏罪潜逃的杨良圣的父亲杨岳林和两个弟弟处决，为民除了一大害。同期，萍乡土匪头子刘晴岚带领 40 多个匪徒，趁我们转战攸县边界打土豪之际，在六市、高州一带烧杀。我们神速转回六市、高州，将他们打垮。这次战斗，我们缴获了数十支枪。自张威部投奔红色独立团以来，形势发生显著变化，斗争由秘密转为公开，党组织也逐渐恢复。

但是，张威部毕竟是一支未改造好的旧军阀部队，经常要求县委供应他们鸦片。记得有一次，原张威部少数官兵还向县委提出要求，每人每月发给 10 元的薪饷，湘赣边界特委根据我们的情况，决定调莲花红色独立团到宁冈新城参加红四军冬季整训。

在整训期间，红四军干部给独立团战士上政治和军事课。有一次，毛泽东同志在百忙之中特意给我们整训人员上了一堂政治形势课，他的讲话犹如春风化雨，点滴入土，使莲花红色独立团的全体战士，尤其是张威本人及其所属人员受到极其深刻的教育，他们对共产党与国民党所领导的军队在性质上有了进一步的认识。通过这次整训，原张威营大部分能自觉地清除自己在旧军队沾染的吸鸦片烟和赌钱恶习，并且向组织提出不要军饷了，有的还把烟枪扔掉了。这样一来，红色独立团在政治觉悟和军事素质上都有了较大的提高。整训结束后，部队进行了整编，原张威营编入红四军为独立营，张威为营长，其余的编入莲花赤卫大队，夏炎任大队长。

11 月底，根据红四军军部指示，红四军独立营、红四军特务营、莲花赤卫大队奉命组成北路行委，前往莲花，保卫红四军冬季整训，迎接平江起义的红五军上井冈山，并在这次行动中来改造、教育张威与毕占云两支部队。当我们行至莲花南陂时，得到莲花县委报告，上沿江一带有莲花靖卫队和萍乡靖卫队在那里抢劫。当即我们分成几路直奔上沿江，还未等他们摆开阵势，我们就发起冲锋，当场击毙莲花匪首杨良圣，缴枪 40 余支。接着，在坊楼时陇口与彭德怀、滕代远率领的红五军一部会合。翌日，张威率部再次告别莲花，与红四军特务营和彭德怀率领的红五军一部一同上了井冈山。从此，张威独立营一直在毛泽东、朱德等同志的领导下进行战斗。

1929 年 1 月，红四军开始撤离井冈山，转移到敌人后方去，粉碎敌人对井冈山根据地的第三次"会剿"。一天上午，国民党第七师二十一旅李文彬部由黄龙向大庾城发起进攻，当时红四军除三十一团外，其他主力部队都不在附近。为了使军部安全转移，张威率独立营与敌军进行了艰苦的激战。战斗到下午，独立营所辖的三个大队被敌军打掉两个，张威战死在阵前。

张威虽然是一个旧军队过来的旧军官，但是在党和根据地人民的教育和培养下，他真正成了一名坚强的无产阶级革命战士，对莲花和井冈山革命根据地做出了贡献，他的英勇事迹永远刻在人民心中。

茶梓暴动[*]

廖贵栈　杜世明

1926 年，茶梓农民为反抗土豪劣绅的残酷压迫和剥削，曾由钟玉仔组织发动过一次农民暴动，不过，那时是自发的，没有明确的政治方向，只知杀富济贫。暴动后，钟玉仔拉队伍上山，我们贫苦农民称其为"绿林"兄弟，也有人说他们是土匪。1927 年 1 月，中共党员谢海波来茶梓秘密进行革命活动，发展钟文亮、唐老二为共产党员。谢海波走后，朱德率领八一起义部队南下广东，后又从广东返回井冈山，途经茶梓地区时所进行的革命宣传，对人民的影响深刻广泛。

10 月，中共雩都县支部派一姓刘的共产党员，以做木工为名来茶梓地区进行秘密革命活动，向群众宣传革命道理，动员群众参加革命，发展党员，筹建党的组织。12 月，

＊ 本文原标题为《回忆茶梓暴动》，收录时做了适当修改。

72

成立了茶梓地区党支部，钟文亮任支部书记，钟金山、唐老二、唐贤昌、刘相礼为支部委员。为了提高农民群众的阶级觉悟，动员农民团结起来同土豪劣绅等封建势力做斗争，支部成员分别深入各个村庄，宣传群众，发动群众，并编了一些富有教育意义的歌谣，在群众中传唱。当时，流传较广的有"跌古歌"，这是一首反映农民贫困生活的歌谣。歌词是：

月光光，光灼灼，崖跌古，你安乐，崖食也没好食，着也没好着，年年拼命做，总住烂屋壳，再好学堂我没份，再好女子没钱讨，教崖穷人单只老。天啊天，越思越想越可怜……

在深入发动群众的基础上，党支部开始筹建农民协会。至12月底，在茶梓地区组织起十余个农民协会，发展吸收会员近千人，推选唐老二为农协主席。随着革命力量的发展壮大，我们曾酝酿过暴动问题。当时的目的，一个是为了打土豪，斩劣绅，把他们的财产夺回来分给贫困农民，同时，还可解决我们的活动经费问题；另一个是想搞武器，茶梓驻有国民党靖卫团十余人，我们想把他们的枪支夺过来武装自己。但党支部考虑到群众刚刚发动起来，我们的力量比较薄弱，怕一旦暴动失败，会前功尽弃。所以，没有同意举行暴动，而是提出了"二五"减租的口号，开展减租减息斗争。

这一做法，深得广大农民的拥护，但遭到地主豪绅的反对。于是，党支部和农协领导农民与地主豪绅针锋相对，拒绝缴纳和还欠一切租债，开展抗租抗债斗争。由于我们农民团结一致，人多势众，地主豪绅无可奈何，只得做出让步，按农协提出的条件收租收债，并不再追缴农民过去拖欠的租债。这一斗争的胜利，打击了地主劣绅等封建势力的威风，大长了农民群众的革命志气，打破了长期以来农民惧怕封建势力、惧怕土豪劣绅的心理状态，明白了团结起来力量大的道理，为后来茶梓地区的武装暴动进行了组织准备，打下了思想基础。

是年冬，寻乌中山学校教师谢克、唐境生（均为中共党员）来安远，找到了受中共广东省东江特委指派来安远从事革命活动的谢育山（寻乌人），向他传达了党的八七会议精神和中共江西省委制订的《秋收暴动大纲》《秋收暴动计划》。安远县党支部对此进行了认真讨论，认为茶梓地区是安远县较早的革命根据地之一，目前的革命斗争活跃，群众基础较好，反动统治也比较薄弱，具备了首先举行暴动的条件，并决定派谢育山前往茶梓地区，向党支部传达上级有关指示，研究伺机发动农民暴动问题。

12月，谢育山化装成地理先生来到茶梓圩，向钟文亮等党支部成员传达了党的八七会议精神和安远县党支部决定在茶梓地区先行发动农民武装暴动的指示，经过讨论，钟文亮等人表示赞同。在同一时间内，中共党员吴广孚（南康人，黄埔军校第四期毕业生）也曾先后两次来到茶梓坪开展革命活动，并做了前面提到的钟玉仔的工作，动员他下山接受共产党的领导，参加农民暴动。茶梓坪暴动时，钟玉仔果然下山参加了，成为我们农民暴动的一支力量。吴广孚走后不久，上级党组织派谢海波给我们送来 17 支枪，我们又自筹资金从南区鹤仔圩广东贩子手里买回 25 支枪。鹤仔圩距茶梓 100 多里，如何把 25 支枪运回来成了难题。当时，大家提出两个办法，一是把枪卸开装入油罐和柴火里挑回来；二是把枪放进棺材里，我们装扮成杠夫担回来。党支部认为这两个办法都容易出问题，最后确定我们的人装扮成国民党部队，如遇靖卫团盘查，就说我们是奉上司命令去执行"剿匪"任务的，就这样顺利地把 25 支枪运回来了。

1928 年 1 月初，谢育山第二次来茶梓，向钟文亮等党支部领导人传达了赣南特委要求各地党组织应尽快发动农民暴动，以革命武装反抗国民党的屠杀政策的指示，并在钟文亮家里召开了党支部会议。经过充分讨论，大家一致表示，坚决执行上级指示，尽快发动农民暴动，并把暴动时间定在 1 月 12 日晚。为了使茶梓暴动成功，安远县党支部还派杜隆魁率领修田、石湾游击队 30 余人来支援茶梓暴动。

1 月 12 日，钟文亮召集茶梓圩、尧屋背、冷水段等地参加暴动的农民骨干分子开会，检查暴动的各项准备工作。会议决定成立暴动委员会，钟文亮任总指挥；从暴动队队员中选拔优秀青壮年成立茶梓游击队，唐贤昌任队长，钟文亮为党代表；进一步健全了农民协会组织，仍由唐老二任主席，负责掌管暴动后地方上的一切权力；宣布暴动时间为深夜12点，并规定了暴动纪律，要求大家在暴动中要勇敢地同土豪劣绅做斗争。

深夜12点，一声炮响，惊醒了沉睡中的茶梓圩，贫苦农民暴动了，1000多人的暴动队伍，高举事先准备好的红旗，臂戴红袖章，手持步枪、长矛、大刀、梭镖，肩扛土炮，按照原定计划，分六路冲向土豪劣绅驻地。一路由钟文亮带近百人包围了茶梓乡公所，钟文亮身先士卒，冲在最前面，队员紧随其后，勇往直前，士气旺盛，当场击毙乡长，活捉乡丁十余人，缴枪十余支。另外五路由唐贤昌、唐老二、钟金山、黄洋皋、刘相礼带领，分别将土豪钟经通、钟卫煌、刘斯海、唐盛兰、钟金华的家团团包围。我们只抓到了钟经通、钟卫煌，其余三人因事先得到了消息，早就逃跑了。天亮时，我们暴动队将土豪劣绅的财产运到乡公所门前，召开几千人的群众大会。钟文亮在会上讲话，宣布了农民协会组成人员名单；农协主席唐老二在会上宣布了农协布告，当场处决了作恶多端的恶霸地主钟经通，号召群众起来打土豪，分田地，团结起来闹革命。会后，将没收土豪劣绅的财产分给农民群众，大家欢欣鼓舞，扬眉吐气。"打倒土豪劣绅！""打倒国民党反动政府！"等口号声震荡着茶梓圩，革命标语贴满了街头巷尾。

我们的暴动胜利的消息，很快传向四面八方。国民党安远县反动政府闻讯后十分惊恐。1 月 13 日便调动北区联防队纠集水东、长河、塘村、桂林江、仁风等地的靖卫团千余人，在所谓靖卫团总赖良栋的指挥下，开赴茶梓圩，妄图一举扑灭革命火焰。但是，我们茶梓游击队和暴动队队员不畏强敌，严阵以待，在钟文亮、唐贤昌的指挥下，利用有利地形，埋伏在茶梓山口。当国民党反动武装进入我们伏击圈后，我们枪炮齐鸣，打得靖卫团措手不及、晕头转向，打退了敌人多次进攻。中午过后，国民党正规军 1 个连开到茶梓圩，支援靖卫团，镇压农民革命。这个连的装备好，使敌我力量对比发生了很大变化。战斗中，我们游击队和暴动队的伤亡人数不断增加，但仍坚持到下午 4 点才退出战斗，游击队和部分暴动队队员转移到大坝头一带山区隐蔽。

茶梓地区农民暴动失败后，反动靖卫团在赖良栋的指挥下，对革命人民进行了血腥镇压，一些没有来得及转移的暴动队队员及其家属惨遭杀害，许多房屋被烧毁，群众的财产被洗劫一空，人民流离失所，背井离乡。暴动虽然失败了，但它沉重打击了国民党反动政府和封建地主阶级的嚣张气焰，意义重大，影响深远。

星火燎原赣闽边

黄知真

大革命失败后，白色恐怖笼罩着全国和江西，许多同志被捕了或被杀害了，许多同志被迫转入地下进行秘密工作，还有许多同志被"通缉"。

1927 年，朱培德在南昌"欢送"共产党出境不久，邵式平回到弋阳邵家坂。八一起义后，黄道被"通缉"，也潜回横峰姚家垄，秘密与弋阳、横峰各同志联系。9 月间，方志敏从吉安回到弋、横地区，带回八七会议精神。经过互相联系，于 1927 年 11 月，召集了赣东北共产党五县窑头会议，方志敏传达了党中央八七会议的决定，他说："大革命已经失败，但中国革命要解决的问题，一个也未解决。革命形势依然存在，现在的办法只有重新革命、组织农民暴动，夺取政权，实行土地革命。"

会议上，一致同意方志敏的传达，并且规定了行动纲领：（1）推翻帝国主义，打倒国民匪党；（2）铲除贪官污吏，肃清土豪劣绅；（3）平债均分田地，建立劳农政府等起义纲领。

为着积蓄革命力量，会议决定以村为单位，秘密组织农民革命团体，作为起义的骨干。

会议最后成立了弋阳、横峰工作委员会，选出方志敏、黄道、邵式平、方志纯、吴先民、邵堂、方远辉七人为委员，以方志敏为书记，并具体分工：黄道在弋阳九区漆工镇一带，邵式平在弋阳七区邵家坂一带，方志敏在横峰楼底蓝家、姚家垄一带，吴先民在青板桥一带，进行起义准备工作。

为了隐蔽起见，大家都改了名字：方志敏化名汪祖海，邵式平化名余艳玉，黄道化名陈松寿，吴先民化名薛子廷，邹秀峰化名丁俊人。

正在被官僚地主倒算报复下无路可走的农民，看到自己的领袖回来了，听到窑头会议后各地负责同志带来的革命办法，真是有说不出的高兴，到处传播着"打倒土豪劣绅，平债分田分地"的口号，那些原来农民协会的积极分子更是到处寻找可靠的工作对象，非常秘密地告诉他们："现在共产党来了，告诉我们组织起来，打倒土豪劣绅，不还债不交租，你赞成吧？"

"有这样的好事？我当然赞成。"

"你赞成就上个名字吧！"

就这样，经过积极分子一串十、十串百，发展起了农民革命团体组织，同志们就依靠这些组织召开会议，解释政策。并且采用农村的旧形式，喝鸡血酒，进行宣誓。

到 11 月底，便在弋横交界几十个中心村组织了 80 余个农民革命团。农民偷偷做好红旗子，以打野猪为名，把土枪土炮抬起来，组织了自己的武装，起义准备成熟了。

12 月 10 日，方志敏在楼底蓝家打响了第一声信号枪。楼底蓝家村内除了两三户地主外，其余都是种田的农民，在农闲时，还集股开了个小小的煤炭厂，作为自己村的副业收入。

早在 1926 年，黄道就开始在这里工作，成立了农民协会，参加过赶走反动县官和三打横峰县城的战斗，在战斗中出现过蓝长金、花春山、蓝高茂等群众领袖。

窑头会议后，方志敏来到楼底蓝家，住在花春山的家里。为了隐蔽起见，他有时穿草鞋化装成农民，有时穿长衣裳化装成一个商人。他首先领导该村农民，用"软拖欠办法"进行抗租抗债，并在斗争中发展了农民革命团，农民蓝长金就是该团的团长。

起义的经过是这样的：12 月 10 日，横峰法警四人，坐着轿子耀武扬威地来到楼底蓝家，催讨煤炭税款，农民用软的办法拖着不交，法警很恼火，他们动手抓人了。此时，蓝长金请示方志敏后，即召集农民革命团十余人，把法警的一支步枪缴下来，把轿子砸烂，四名法警见势不妙，狼狈逃回横峰县城。

当夜，方志敏召集楼底、姚家垄、管山、蓝子坂等九个村子的农民革命团领袖，聚集在花春山家里，说明暴动的意义后，一致决议平债分田，举行起义。弋横起义的第一面红旗展开了。

起义总指挥方志敏，在楼底蓝家发出的信号枪一响，在黄道、方志纯、邹琦等领导下，在弋阳九区大溪头举行了70多人的代表会议，决定"打土豪，分田地"。会议结束后，九区起义开始了。与此同时，横峰三区在吴先民、黄立贵、吴先喜的领导下，集合2000余人，在青板桥召开大会，举行了起义。接着，横峰葛源在程伯廉领导下，弋阳七区邵家坂一带在邵式平领导下，都先后举行了起义。数日之内，纵横百里的广大弋横地区，到处插上了红旗，农民烧了地主的借据、田契，没收地主的粮食，罚处地主的款子，开始分配土地，农民革命团成了实际上的乡村政权。

起义胜利后，党的组织将原来的工作委员会，改组为正式的弋横德中心县委，仍由方志敏为书记，在弋阳、横峰、德兴成立了三个县委。各路起义农民革命团在中心县委统一领导下，兵分数路向外出击，那些封建堡垒村，就一个一个地被起义农民打下来了。一些工作较弱的村庄，也纷纷到起义中心来接头，革命浪潮汹涌澎湃。当时，苏区流传着这样一支歌谣："弋阳方志敏，横峰吴先民，领导共产来革命，都是为穷人……"

正当弋横地区农民起义方兴未艾，不断向四周扩展的形势下，国民党军队探知了起义武装的虚实，开始分路向起义地区进攻，各地区地主武装靖卫团也逐渐发展起来。弋阳的过港埠、曹溪、芳家墩，横峰的葛源、铺前等地，成了反革命的反动中心。敌人依据这些反动武装，每日向起义地区进攻，所到之处，火光冲天，烧杀抢掠，鸡犬不留。

1928年1月，邹琦、钱璧、项春福等同志，在青板桥西北三里的黄金巷被敌人袭击，项春福当场牺牲，钱璧被捕后牺牲于横峰，邹琦的裤裆上被敌人打了四五个洞逃了出来。接着，吴先民、黄球也在青板桥被伪装起来的反动武装抓住，押解至河口天主堂，因敌人看守不严，幸而逃脱。同一时间，弋阳方面马王庙地主利用本地流氓伪装起义，请本地我党的负责人雷夏来领导，雷夏中计，一进村口就被打死。李穆也在弋德交界处牺牲，斗争已进入了更尖锐激烈的阶段。

农民为了保卫自己的斗争果实，在每个村庄的村前村后的高山上，每日都派人去放哨，群众叫作"眺高"。"眺高"的人带上一支敬神用的三眼铳，望见敌人打第一铳，敌人来了打第二铳，敌人到了再打第三铳，群众把这叫作"号铳"。听到第一号铳，群众早做好准备，第二铳一响，群众扶老携幼、牵牛挑担地转入深山。敌人进村后，除了走不动的房灶之外，什么也找不到。每日里沿着敌人前进的路上，号铳接号铳，坐在山头上的人，可将敌人进兵的方向弄得一清二楚。

敌人在到处扑空之后，觉得非取消这个讨厌的"号铳"不可，于是，他们一面以烧杀相威胁，一面放出话说：只要有人接头，报告情况，保证没问题，还会有奖赏。以此来欺骗群众。在此情况下，起义区的群众想出了"白皮红心"的办法，来对抗敌人。果然村村都接了头，再也找不到一个"眺高"的了，也听不到"号铳"声了，可是敌人所到之处，还是什么也没有，还是抓不到一个人。什么道理呢？原来每天村头山上都有几个人在砍柴，他们一声不响，有时候却突然叫了起来，"谁家的牛吃禾了"，群众听到"牛吃禾"，还是照样扶老携幼、牵牛挑担转到山上去。原来这就是新的"眺望守夜"，新的打"号铳"。

对于领导起义的领袖，群众更是保护得很严，照顾得无微不至。同志们无论走到哪里，用不着带行李，只要到那个村背后的山上，派一个人下去通知一声，说老汪或老余、老陈来了，饭菜、被褥立即送上山来。有时敌人要搜山，要老百姓派人带路，事先群众就会派人来通知你，明天敌人要搜哪座山，你们要跑开。群众看到领导同志总是说："同志，我们都是'红心番薯'，外面白，心里红，只要你们在，我们总会出头的。"

1928年春夏之交，敌人派出部队，分四路向苏区大举进攻。每路都胁迫有上千农民跟随，带着斧子、锯子，扬言要砍光苏区山上的树木。带着小车、箩筐，要抢光苏区的财物。在敌人的疯狂进攻下，苏区日渐缩小，我们的队伍转来转去，总在磨盘山周围绕圈子，红军力量又小，又分散，战斗力又弱，加之苏区内部反革命分子趁机活动，和敌人通消息，情况显得十分严重，党内思想也很不一致。为着统一思想，明确斗争方针，6 月，在弋横交界处一个偏僻光山上的方胜峰的冷庙里，召开了弋横两县干部会议，后称之为方胜峰会议。参加会议的有方志敏、邵式平、黄道、邹秀峰、吴先民、方志纯、庞先飞（湖北黄安暴动失败后调来的）等20 余人，方志敏任大会主席。

庞先飞开始提出自己的见解，他认为全国 200 多次暴动都失败了，只剩下井冈山和赣东北几个地方了。现在情况又这样严重，眼看着失败是不可避免的，因此，他提议"把枪埋起来，把红军解散，几个负责同志到大城市里去"。

他的这个意见，遭到大多数同志的反对。方志敏冷静地分析当时情况后说："我们在这里有群众，如果我们遇到困难，就埋枪逃跑，群众牺牲太大，丢下群众逃跑，那不是共产党员应有的态度。如果这样，我们对不起起义的广大群众。"

接着，方志敏斩钉截铁地说："谁要不承认自己是共产党员可以走，我们不走，我们是要同起义群众同生死、共患难，坚持下去。"

与会的绝大多数同志，都同意方志敏的意见。但怎么坚持下去呢？有的主张把枪带走，离开敌人围攻，把敌人引出去，然后再回来。

会议对这个意见做了分析，认为这个意见虽有一定道理，但觉得还是不离开根据地好，因为这里有群众，地形又熟，有依靠，而到根据地以外去，无群众基础，困难一定更大。

最后，方志敏做结论说："第一，敌人分散，各路很弱，又没有群众。我们力量可以集中，选择敌人弱点先打一路。第二，反革命活动猖獗，群众有些动摇，一定要镇压反革命，把他们的反动气焰打下去。第三，做好万一转移阵地的准备，要开辟新的根据地。"

大家同意方志敏的意见，并决定：全部集中共40余人，40余支枪，由邵式平统一指挥，选择从过港埠出来的敌人最弱的一路坚决打下去。由方志敏带5支枪，镇压反革命，说服教育群众。派黄道到贵溪开辟新的根据地。

方胜峰会议第二天，邵式平率领集中起来的40余人枪，正在竹篷窠休息，从过港埠来的敌人到了金鸡山，那些被敌人胁迫来的群众，担着箩筐在金鸡山镇上抢东西。吴先民、花春山带的队伍，只有几条枪，与敌1个连在金鸡山上打响了战斗。邵式平接到群众接二连三的报告之后，跑到竹林外边一看，便看见十多里路一片火光，被敌人追赶的群众漫山遍野地跑，于是，他立即率领部队绕过金鸡山山脚，到达金鸡山后面。这时敌人正向吴先民、花春山坚守的山头进攻，邵式平指挥部队出其不意，向敌人屁股后边杀过去，马上把敌人冲垮了。我山上的部队赶下来，到处喊杀，到处喊打。

被敌人胁迫来在村子里抢东西和砍树的群众队伍，听到敌人被冲垮了，他们也都提起梭镖，丢下箩担，拼命向过港埠逃跑，后边的人手中梭镖刺到前边人的屁股，前面的人以为是红军来了，一面叫"同志呀，我是被抓来的"，一面更拼命地跑。

打垮敌人之后，部队情绪十分高，饭都不吃，一口气追了50多里，一直追到过港埠。这一下把弋阳县城都震动了，国民党县长连轿子都不要，就往南门跑，城里也是一片风声鹤唳。当晚，我们部队回到竹篷窠，恰逢从青板桥退回的一路之敌，又被我部队击溃。

粉碎敌两路进攻后，推算弋阳出来的另一路之敌也要回去，第三天邵式平率队一个急行军跑了80余里，到樟树墩打埋伏。该死的敌人果然来了，等到敌人走过一半，我军拦腰一打，又是一个大胜仗。另一路敌人看见势头不对，加上农村中的革命分子乘机散布"红军来了"，被胁迫的农民一哄而散，敌人就趁机退了回去。

敌人的第一次全面"围剿"，就这样被粉碎了。

与此同时，弋阳漆工镇的反动地主被我们打死，横峰姚家垄反动富农黄振庐刚刚写好与敌人的接头书信，就被农民黄振九杀死在自己家里。在金鸡山胜利的鼓舞下，群众情绪又高涨起来了。

1928年8月，敌人重新增兵，以从河口调来的第四十六军杨劲部罗英团为主力，配合各地反动挨户团、靖卫团，向苏区进行第二次"围剿"。这个部队原来是土匪改编的,进到苏区就大肆抢劫、烧杀、奸淫。红军在与敌人转战一个月之后,乘隙挺进到横峰城下,于 9 月 24 日攻克横峰县城,歼灭守敌靖卫团,缴枪十余支。这是赣东北起义后第一次打下县城。为着庆祝这个胜利,农民自己编了支小调传唱:

九月廿四天,攻打横峰县,红军赶到城门边,不到五更天。

可怜的狗官,睡梦在床上,枪声一响逃到笔架山,在莲荷吃早饭。

枪声响二声,逃到杨梅岭,丢掉枪支不要紧,自己要逃命。

枪声响三声,走到大辽渡,浮桥马上两边拖,不知红军有几多?

横峰胜利后,立即调动了进攻苏区的敌人,加之朱培德怀疑该部不稳,将该部调回缴了械。敌人第二次"围剿"就这样被粉碎了。

1928 年 12 月,在弋横苏区接连取得胜利的同时,黄道在贵溪发动了以周坊为中心的贵(溪)余(江)万(年)起义,并向东开展,与弋横苏区连成了一片。成立了中共信江特委。

1929 年冬李步新、江立山等同志,领导了上饶茗洋关、湖村、清水三个区的暴动，成立了上饶县委和县区乡苏维埃政府，从而使赣东北根据地发展至整个信江流域。

福建崇安的党组织在陈耿的领导下，1928年6月，在大小梅、大浑、水对龙、大王凹、王子袋、坑口、长涧源一带，纵横百余里的大山区举行起义，到1929年2月，发展到靠近闽赣交界的武夷山麓。江西铅山的石垄、龙鹤和尚坪、篁村、车盘一带举行了铅山起义，建立了包括崇安、上饶、铅山三县交界的闽北根据地。1930年7月，中央正式决定把闽北划归赣东北特委领导。

红军的队伍在斗争中不断开展壮大，1929年2月，建立了赣东北红军独立团，4月，发展到1000余人，改为江西红军独立第一团。同时成立了闽北红军独立团。1930年7月，成立了红十军，10月，成立了赣东北省委和省苏维埃政府。此后，赣东北根据地开始向皖赣、浙赣边发展。弋横起义点燃的星星之火，燎原于赣东北和闽浙皖边十余个县的广大地区。

赤湖根据地的建立[*]

徐上达

　　我自 1927 年 10 月，带着九江县马楚区 30 余名农民武装，参加赣北特委书记林修杰领导的星子暴动和劫狱后，带着队伍到金盆寺，后来会合德安暴动的武装，在岷山朱家垄组建了赣北游击队，建立岷山根据地。我们坚持以岷山为中心的游击战争，向四周发展。不久，林修杰调往鄱阳，我被委任为甘西区委书记，兼任游击队的职务。我们背靠岷山，发展党的组织，扩大武装力量，消灭敌人，壮大自己，使游击区不断扩大。到 1929 年春，游击队已由原 60 余人，发展到 800 余人、枪 500 余支，扩编为赣北红军独立团。

　　1929 年 5 月，为贯彻江西省委关于"发展赤色区域附近的农村斗争，扩大游击区域，以响应全省暴动"的指示精神，配合全省的革命斗争，在赣北要把岷山游击区扩展到长

---

　　* 本文原标题为《港口暴动和赤湖根据地的建立》，收录时做了适当修改。

江沿岸，与鄂东根据地连接起来，互相配合，控制长江这一交通命脉，调我到港口区去开辟工作。港口位于九江县西北部，沿长江，滨赤湖，西邻瑞昌码头镇，隔江与湖北广济相望。党把这一重大任务交给我，勉励我一定要尽快完成上述任务。我接受任务后，便化装成农民绕道到港口，找到大革命时期熟悉的舒老九、汪仲屏、文经寿、梅国正、胡洪印等同志，首先联络党员，恢复党的组织，6月底组成了区委，我为书记，汪仲屏为军事委员，周全才为组织委员，王干成为宣传委员。

9月，我召开区委会议，研究发展党的组织，秘密组织农民协会和农民赤卫队，准备武装暴动的问题。我分析全省革命斗争形势后，提出：必须抓住这一有利时机，发动群众，举行暴动，扩大我们的游击范围。当时多数同志同意这个意见，但也有些同志认为暴动时机还不成熟，因为党内未能统一认识，第一次会议议而未决。可是敌人并不因为我们潜伏不动，便放弃他们的镇压，一贯积极反共的高家湾反动头目国民党江西省参议员高伯韩及高仲韩、高传贤等人，勾结港口镇反动区长谢椿庭及豪绅简玉书、谢世勇等人，积极扩充靖卫团反动武装，妄图称霸全区，镇压革命党人和群众，好向反动政府邀功请赏。这一风声传来后，我抓住这个时机，召开紧急会议，讨论对付的办法。我认为应当争取主动，打敌得先下手为强，不要等待被动挨打。敌人这个反面教员，使我们统一了认识。讨论的结果是：积极发动群众，组织武装力量，举行暴动，消灭反动的靖卫团，夺取地主武装。而后以赤湖为游击根据地，进行游击战争，铲除地主豪绅，实行土地革命。"金风未动蝉先党"，就在我们开会的当天晚上，高家湾反动头目高传贤，勾结港口区区长谢椿庭，纠集 100 余名地痞流氓，他们伸出黑手，拿起屠刀，向港口人民进攻，到处抄家，搜捕革命同志，幸亏我们已有准备，革命活动分子未遭毒手。但党的区委成员汪仲屏、张敬予、张贤思等人的家却遭到洗劫，有的家人被害。连当时在上海，早年参加革命的共产党员桂家洪的家人也没被放过。高家湾的反动分子高策，带着一批残暴的打手，闯进桂家，将他的老母、哥嫂和来做客的侄女、女婿等六人，全部杀害，投入长江，只有一个小女孩被邻居隐藏起来，才幸免于难。敌人惨绝人寰的暴行，激起了港口区群众的仇恨与愤怒，促进了我们的工作开展。

9 月下旬，我们在文经寿家召开区委扩大会议，到会的党内积极活动分子有 30 余人，着重讨论暴动问题。与会同志一致同意，尽快把群众组织起来，抓住时机，举行暴动，摧毁反动势力，发展革命形势。于是，我们将 30 余人区分为几个活动小组，会后由区委成员带领各小组，按照分工，到各村去发动群众，组织暴动力量。又经过近两个月的努力，暴动条件已经成熟。"机不可失，时不再来"，区委决定立即组织暴动，我和汪仲屏拟制了一个暴动计划，经县委批准。

11月17日黄昏，我们30余名党员，带100余名赤卫队员，有30余支步枪，其余是大刀、梭镖、鸟铳，在白华寺集中。我宣布暴动计划：先消灭港口外围的几个土豪劣绅，而后集中围攻区公署。进行了分工和简短动员，汪仲屏也讲了话，而后按分工，分数路奔向各自的目标。于是从丁家山麓到赤湖岸边到处是火把人流，早已准备好的各村暴动群众，手持大刀、长矛，点燃火把，汇入暴动队伍的洪流。人流火把越集越多，港口镇周围沸腾起来了。由程世旺带领一支暴动队伍，先到下街头坝子里去捉恶霸地主徐巨轩，将他家包围起来，喊道："徐老九赶快出来！不然把你全家都烧死。"这个家伙自知群众不会饶恕他，但不肯束手就擒，躲在楼上用步枪向暴动的队伍射击。群众怒不可遏，砸开他家房门，冲上楼去，缴了他的枪，将他拖下楼来，结果了他的性命。

我和汪仲屏带着一支暴动队伍向简家村进发，队员越墙跳进简家大屋，踢开简襄伯的房门，把他从床上拖下来，简襄伯战战兢兢地求饶道："诸位，诸位！有话好说。"一个队员怒声斥道："你依附靖卫团，害了多少人？今天向你讨还血债！"马刀一挥，寒光一闪，解决了这个反革命分子。

其他各路暴动队伍，也惩处了预定处置的豪绅。把外围反革命分子解决后，各路队伍掌着火把向港口区公署围拢过来。区公署内有十余个团丁守卫，他们看到四周的火把，感到情况严重，急忙向区长谢椿庭报告，谢椿庭下令开枪！但暴动队伍举着火把，继续向港口会聚，火把越来越多，包围圈越来越小，谢椿庭指挥团丁紧闭区公署大门，企图负隅顽抗。我们人多势众，把个区公署围得水泄不通，同时开始喊话："团丁弟兄们！赶快缴枪投降吧，不要再为反动派卖命了。"过了一会儿，没有回音，愤怒的群众准备强攻。为了减少伤亡，我们组织一部分群众去搬柴草，堆在区公署的前后门，纵起火来，顿时浓烟滚滚、烈火熊熊，暴动队伍趁势打开围墙冲了进去，靖卫团团丁有的举手投降，有的当场被击毙。我们打下港口区公署，反动的靖卫团团长高传贤不在区公署里，未能捉获。区长谢椿庭却是上天无路、入地无门，只有钻到床底下，妄图躲过群众的搜捕，被暴动的群众拖出捆绑起来。18日上午，我们召开群众大会，公布了他的罪行，将其就地正法了。

参加这次暴动的群众有2000余人，一夜之间，攻下区公署，消灭部分团丁，缴枪20余支，捕杀了反动区长谢椿庭和土豪劣绅简襄伯、何绍熙、何光平、张细海、徐巨轩等，并没收了他们部分财产，分给贫苦群众，狠狠地打击了猖狂不可一世的地方反动势力，鼓舞了群众的革命斗志。从此，各村农民协会就开始了公开活动。港口区赤卫队改为红军游击队第四中队，也叫赤湖游击队和港口区特务队，开始了赤湖游击区初建时期。

这次暴动对赣北震动很大，九江国民党驻军派出一个连，在反动靖卫团的配合下向赤湖发动进攻，企图把我们清除出港口区。我令汪仲屏带部分游击队在彭家港正面阻击敌人，我和程世旺带队从湖上包抄过去，前后夹击，打得敌人抱头鼠窜，有的跳水逃命，不会泅水的只好举手投降。我们歼敌大部，缴枪 100 余支，充实了自己的装备，保卫了这片新的游击区。此后，我们便以赤湖为游击根据地，与岷山根据地互为犄角，向外扩展游击区。

敌人为了对付赤湖，又进行经济封锁，限制食盐和粮食流入赤湖地区。国民党瑞昌县政府，在码头镇老沈家设立了一个缉私局，缉私员十余人，队长姓贾，这个家伙穷凶极恶，他们对过往人员严格盘查，发现有人从对岸湖北武穴带回食盐，轻则没收，重则扣人罚款。他们宁肯把盐撒在地上用脚踩，也不准群众带走一粒，群众恨之入骨。为解决游击队和赤湖地区群众食盐问题，负责供应的查经堂派查沛琪和刘长溪到对岸武穴买回 10 包食盐，船到码头镇被缉私局劫获，缉私局没收了食盐，并将查、刘二人扣押，我们派人去交涉，他们不仅不放人，还要每人罚款银圆 500 块。"拿1000 元来赎人，不然交上峰惩办。"我和汪仲屏等人商量，决定拔掉这个钉子，救人取盐，打破敌人对赤湖的经济封锁。汪仲屏和程世旺带 30 余人，乘 6 只小船，黄昏出发，9 点许到达码头镇，悄悄地包围了缉私局。这些家伙，酒足饭饱之后，点起油灯，围着一张桌子打起牌来。汪仲屏上前敲门，里边问："干什么的？"答："来送钱赎人。""他妈的，怎么来这么晚？"随着骂声，打开了门，汪仲屏进房就亮出手枪："不准动！我们是游击队。"接着，几个队员冲进房中，两支马枪逼住敌人，贾队长跳起来企图反抗，大腿上挨了一枪，其他敌人就不敢动了。我们缴取了 8 支步枪、2 箱子弹，取回 10 包食盐，救出被扣押的同志，安全地撤离了码头镇。汪仲屏把敌人教训了一顿，未加逮捕。11 月 24 日《江西国民日报》报道："九江共党 200 余人，将瑞昌县码头镇盐业缉私局长枪 8 支并子弹全部抢去。"

九江的李安禄，在反动政府和地主豪绅的支持下，在赤湖岸边白涉渡口附近，骗来 100 多名劳动力，办了一个垦荒局，内有数十名匪军驻守，作为探听赤湖情况的情报站和进攻赤湖的前哨阵地，对我军极为不利。为肃清游击根据地附近的反动武装，拔掉这颗钉子，决定在农历年底，乘敌一部分士兵回家过年之机，袭击垦荒局。经过周密侦察，弄清了敌人的全部情况，汪仲屏和程世旺率领游击队，悄悄地包围了垦荒局。拂晓，匪兵还未起床，我游击队便以迅雷不及掩耳之势，冲入匪兵的住房，两个匪兵持枪欲逃，被我在房外的战士击毙，其余的匪兵未来得及抵抗就当了俘虏。垦荒局头目李安禄发现情况，从侧门溜出，翻越堤坝跑掉了。我们无一伤亡，缴获了匪兵的全部枪支弹药和垦荒局的财物，然后放了一把火，垦荒局的营房化为灰烬。

我们自 1929 年 11 月 17 日暴动以来，不断地打击敌人，夺取武器，充实自己的装备，建立和巩固了赤湖游击区，党的组织发展得也很顺利，不到三个月的时间，从前不易恢复党组织的地区，党组织也恢复了。在发展方面，从赤湖沿岸推进到瑞昌的珠湖、码头、南阳，直抵瑞昌城脚下，并把瑞昌西南的乌石街、范家镇原有的党组织完全恢复起来，与以岷山为中心的九、德、瑞老根据地连接起来了。我们还渡江进击对岸的缉私局、烟酒税局和机耕农场之敌。1930年2月，我们在瑞昌县码头区大地主张怀阳家建立了苏维埃政权。最重要的是控制了一段长江，从而扩大了政治影响，使敌人感到恐慌不安。

国民党江西省参议员、高家湾的高伯韩、豪绅高传贤于1930年4月1日，向蒋介石呈文："去岁迄今，红军蔓延甚大，200余里。难民屡请政府及浔湖军警督察处请兵进剿，奈赣北兵力单薄，出兵一两个连到瑞昌或驻码头镇，三五日即奉命撤防。难民等于上月19日增兵两排，被击退。他们现在泥湾、珠湖筑土城，掘战壕为掩护，司令部于赤湖新屋张家、老屋张家为根据地，持有快枪2000余支，声势浩大，敢于青天白日射击对岸广济（今武穴）和航行的江轮……"他们夸大了我军力量，但却道出了他们已对我们无可奈何，他们向蒋介石呈报自称"难民"，可见他们已沦为有家难归的丧家犬了。

革命风雷震水南

曾伯雄

  1926 年 5 月，水南的村背、西团、三甲、沙田、华山、店背等村就有农民协会。召开农协成立大会时，赖华兴参加了，"革命"二字，我也是在这次会上听到的。不久，水南地区各村都成立了农民协会。9 月后不久，又成立了水南区农民协会和国民党水南区党部，当时是国共合作，共产党员龚荣、曾昭恕、吴立千、杨金芳、张德辉均为党部成员，有的还是负责人。11 月至 12 月，区农协召集四五千农民举行反帝反封建的大游行，捣毁了帝国主义设在水南的天主堂，还成立了水南区农民自卫队，积极支持和配合农协开展打土豪、斗劣绅、禁鸦片、禁赌博、减租减息、抗租抗债斗争，宣传破除迷信，动员妇女剪发放脚。

  1927 年，蒋介石发动了四一二反革命政变。8 月，国民党右派在吉水县城开始"通缉"和抓捕共产党员、共青团员和革命群众，中共吉水区委和县农民协会遭到破坏。不久，国民党水南区党部中的右派，指令反动的文昌自卫队攻打水南区党部，捣毁了区农协，中共水南支部也遭到破坏。水南区农民自卫队副队长罗某叛变，导致农民自卫队被袭击，队长杨明和当场被敌人杀害，35 支枪全部被敌人缴去。水南地区的革命运动由高潮转入低潮，人民的大革命运动失败了，但却为后来水南地区的土地革命运动的开展和暴动培养了骨干，打下了思想基础。

水南农协和中共水南支部受到破坏后，共产党员龚荣、曾昭恕、张德辉、吴立千、杨金芳等人带领水南农民自卫队转移到黄竹坪和山下一带坚持斗争。

八一南昌起义后，我找到革命农民施灵之和革命青年彭俊秀、温恭等人，暗中进行革命活动。1927 年 8 月下旬，田俊奉党组织的指示，回到吉水领导革命斗争。不久，即与坚持秘密斗争的龚荣、曾昭恕、张德辉、吴立千、杨金芳取得了联络，并在渡头村商谈重新搞吉水革命的问题。后来，我在田俊家遇到郭梅，田俊要我和郭梅带着他的信，往神岗山上去找周必贵和刘承休，要他们出来工作。找到后，他们不肯出来工作，我们要他们把吉水党组织交给田俊，他们也不肯交。我和郭梅回到田俊家中，将周、刘不肯出来工作，又不愿意将党组织交出的情况告诉田俊。经田俊、郭梅和曾伯雄研究，决定重新建立中共吉水支部，田俊任支部书记、我任组织委员、郭梅任宣传委员，并与东固党组织取得联系。中共吉水支部成立后，在田俊任书记期间，以田承恩做他和我之间的交通员。

后来，我又带着田俊的信往葛山找王家亲，往吉水县城找江浚，往醪桥村找周作人，并由江浚带我到三曲滩镇以北的西陇村会见江浚的妻兄等数人。这才得知大革命时期，吉水党组织将枪支藏在他家里保存，因此没有被土豪劣绅缴去。9月，中共吉水支部派我和江浚、王家亲、田承琳、田承恩到江浚家中，把40支长枪和4支短枪挖出来运往东固。同时，还利用曾昭恕与文昌自卫队队长曾道智是同学的关系，介绍从黄埔军校毕业的许义、许启腾、田南山打进文昌自卫队。此后，我们就把以黄竹坪为中心的一小块地方作为根据地，积极开展革命活动。以杨金芳为队长的水南农民自卫队经常活动于水南街，偷袭反动的文昌自卫队，捉捕土豪劣绅，散发传单，张贴标语，使敌人恐慌不安。敌人的哨兵有时也被农民自卫队捉走或杀掉，枪支被夺走。最后迫使文昌自卫队退出水南街，龟缩在自己的巢穴义富村里，不敢轻易出来搞反革命活动。

是年10月底，中共吉水支部开会，研究下一步的革命斗争问题。大家认为，经过前段时间的工作，举行暴动的条件已经成熟，决定攻打文昌自卫队，并通知打进该自卫队的许义等做好内应准备。同时还派吴立千向东固党组织汇报准备攻打文昌自卫队的计划，并请求派人支援。

11月18日夜深人静，赖经邦带领东龙游击队和农民赤卫队40多人来到水南，按照预定的行动方案，配合水南农民自卫队突然袭击文昌自卫队。许义、许启腾、田南山听到枪声后，下令队员不要抵抗。就这样，一夜之间，就把文昌自卫队解决了，缴获了 47 支枪，史称这次攻打文昌自卫队为"水南十月（农历）暴动"。暴动后，成立了吉水游击队，下设两个班，杨金芳任队长，曾忠祥、曾咸贵任班长，继续在水南黄竹坪和山下一带开展活动。此时，江浚、王家亲离开了水南，到红军第七纵队工作，于 1927 年冬在吉安与吉水交界的蛤蟆石被敌人杀害。

随着水南地区党组织的恢复和发展，以及吉水游击队的日益扩大，我们的革命活动由秘密转为半公开。这时，水南地区的土豪劣绅深感光靠水南保卫团几十人枪，难以保住他们的狗命和家业。于是，他们勾结土匪武装红学会和黄学会配合保卫团行动，加紧对革命力量的镇压。田俊等人被迫离开家乡，转移到外地从事革命活动，郭梅则到白沙区工作。中共吉水支部的工作，暂由张德辉负责，后中共吉安县委和红军第七纵队党代表詹天龙指定曾伯雄担任中共吉水支部书记。

1928 年 5 月上旬，中共吉安县委召集吉安、吉水、永丰三县的领导干部，在白沙圩附近的一个村庄开会。吉安县委派刘启勋和詹天龙参加领导，会议由刘启勋报告当时的形势和今后的工作。这个报告过高地估计了革命形势和革命力量，那时革命处于低潮，报告却说是高潮，并且主张攻打城市。会议要求积极开展农民运动，并决定吉水党组织要向水南开展工作。根据会议精神，中共吉水支部决定向水南泷江乡各村发展，组织和发动农民起来进行暴动。5月中旬，我组织和发动上车村农民暴动，捕杀了该村罪大恶极、外号叫"五十响"的土豪曾广超。接着，龚荣、曾昭恕、曾宪水、吴立千、曾发祥在下车、周坑、西团等村发动农民暴动，捕杀了下车村的土豪曾道智、曾凡香。赖华兴是少先队员，参加了暴动。后又有城上村的农民也举行了暴动，捕杀了劣绅谢树元。此时，水南泷江各村农民都相继举行了暴动。史称"水南五月暴动"。

6月，赣西红军第八纵队队长何金山叛变，并带领其残部与肖昆树、赖竹之的义富、华山反动保卫团以及"红学会""黄学会"会合，有几百人，袭击了水南党组织和群众组织，围攻龚荣驻地三甲村和吴立千驻地周坑树。两村的房屋全部被敌人放火烧毁，吴立千的父亲和革命群众惨遭杀害。接着，敌人又在三甲村将龚荣的父母、弟弟和怀孕的妻子杀害在泷江江滩上。中共吉水支部再度遭到破坏，我与吉水游击队长杨金芳等人商量，决定向东固撤退。在往东固的途中，遇到第七纵队派来的同志，他说七纵决定中午要离开东固，如果你们在中午前赶不到，就不要去了。仔细分析后，我们决定率领游击队撤至西团村后的山里，坚持游击斗争。

1928年7月下旬，中共赣西特委派詹天龙来水南，他找到杨金芳、张德辉、吴立千等共产党员后，即在水南区西团乡开展工作，大力恢复党的组织，建立农民武装。月底，水南区西团乡游击队成立。10月，中共水南区委在华山村建立。1929年3月，水南区游击队在里坑村成立，不久又在大里坑村召开了首次工农兵代表大会，成立了水南区革命委员会。

水南区革命运动的蓬勃发展，使水南的反动势力十分恐慌。反动的保卫团进一步勾结土匪武装"红学会"和"黄学会"，经常袭击革命政权和群众组织，残酷杀害革命群众。为了消灭反动的保卫团和"红学会""黄学会"，巩固刚刚建立起来的革命政权，为民除害，中共水南区委和区革命委员会决定发动水南第三次暴动。

1929年10月底的一天晚间，中共水南区委在里坑村的张家祠召开干部会议，讨论暴动的目的、时间和如何组织群众参加暴动等问题。会后，遂派人往白沙区，请该区游击队支援水南第三次暴动。

11月5日是水南圩日，参加暴动的游击队、农民赤卫队、少先队和群众，颈系红领带，左臂戴着红袖章，手持步枪、大刀、梭镖、鸟铳等武器，按照预定部署，分别埋伏在上车、吉狮岗、城里、松山、荷山、南溪、廖家等村，在水南街形成了一个包围圈。早饭后，抽税队队长肖盈烈，外号"憨搭子"，带着抽税队30多人，在反运保卫团和"红学会""黄学会"的配合下进入水南街。他们像往日一样，气势汹汹，欺压百姓，胡作非为。可是，他们万万没有想到可悲的下场正在等着他们。

天还未亮，曾宪永和许义等人率领水南区游击队和上车村赤卫队、少先队开始向水南街进发，走到窑窝头段上，水南区游击队打响了第一枪。暴动的枪声一响，杨金芳等人带领西团乡各村的赤卫队和少先队，从华山下村飞奔水南街；胡志荣带领白沙区游击队也按时赶到，并与松山等村的赤卫队和少先队会合，从丫塘村迅速冲向水南街。这时，三支暴动队和参加暴动的群众共有2000余人，像潮水般地涌向水南街。顿时，喊声、杀声、枪声交织在一起，震撼着水南圩。正在圩上为非作歹、寻欢作乐的反动保卫团、"红学会"、"黄学会"和抽税队，被吓得魂飞魄散，乱作一团，拼命向水北村方向逃窜。逃到水北村的抽税队队长肖盈烈被抓住，被愤怒的群众用梭镖刺死。我们的暴动成功了，暴动队伍高举着红旗凯旋。这次暴动，歼灭了大部敌人，灭了敌人的威风，长了人民的革命志气。从此，中共水南区委决定，区革命委员会公开办公，水南地区的革命斗争也由半公开转向全公开。

1930年1月，中共水南区委和区革命委员会在店背村孝思堂举办军事训练班。我村党小组选派赖华兴和赖大才、赖大沛、张尊元参加训练班。当时，我们都是少先队队员，参加了水南暴动。我们在训练班学军事，学政治。2月下旬，国民党军唐云山旅1个团进攻水南。中共水南区委写信派人送到吉安富田，向红四军报告敌情，毛泽东、朱德、黄公略率领红军来水南阻击唐云山部的进攻，杨金芳带领吉水游击队、水南农民赤卫队和我们军事训练班的学员参加了战斗。

红军从沪源乡攻击敌人，不到一小时，就将该团歼灭，缴获了七八百支枪和许多子弹以及其他军用物品。而后，红军又由赤卫队和少先队带路，经三元、虬门、邱陂绕到驻扎在富滩大湾村的唐云山部另一个团的背后，将其包围，敌人稍作抵抗，即全部被红军缴械。

追求真理的罗炳辉[*]

赵　镕

　　1929 年 11 月 15 日，在赣西特委的组织与策动下，国民党吉安县靖卫大队大队长兼卢陵十属联防总团团长罗炳辉率吉安靖卫大队 3 个中队举行起义，投奔红军。在土地革命战争初期，敌强我弱的形势下，能够从敌人营垒中杀出来，除有共产党的强大感召力外，也充分显示了罗炳辉一心追求真理的革命英雄胆略。罗炳辉的起义是经过曲折复杂斗争过程的，做他策反工作的主要是赵醒吾，我 7 月中旬奉命到吉安协助赵醒吾工作。

　　罗炳辉，云南省彝良县彝族人，出身贫苦，青年时加入滇军，信仰孙中山的三民主义，参加了讨袁护国和北伐战争。在军阀朱培德部队任营长转战于湖南、湖北和江西等地，他作战勇敢，屡建战功。但因为人耿直，疾恶如仇，蔑

＊　本文原标题为《一心追求真理的起义将军罗炳辉》，收录时做了适当修改。

视权贵，因此在国民党军队中备受排挤，1928年国民党陆军实行"编遣"，他被编为闲员，被排挤出军队。

1929年春，滇军第十二师师长金汉鼎率部进驻吉安。当时吉安当局为了对付日益高涨的工农武装割据，将八乡靖卫中队合编为靖卫大队，但无适当的大队长人选。金汉鼎很赏识罗炳辉的才干，就向县长冷照升推荐了他，并致电召他速来吉安。罗炳辉被"编遣"后，还在到处寻找工作，接到金汉鼎电召，遂来吉安就任靖卫大队大队长。

吉安靖卫大队，辖4个中队，600余人，枪400余支，其总部设在吉安县城东南50余里的值夏镇。罗炳辉到任后，以他带兵作战的实践经验，对这个大队严格管理、严格训练，在不长的时间内，罗炳辉将靖卫大队整训得像一支精干的正规军，深受当地官僚、豪绅的赏识，并委任他兼任卢陵十属联防总团团长。这支国民党的地方武装，日渐羽翼丰满，对当地革命运动是一个潜在的威胁，并妨碍赣西和赣南这两块革命根据地连成一片。因此，引起中共江西省委和赣南特委的关注。

根据罗炳辉的历史、为人、性格和处境，中共江西省委决定做他的工作，将他拉到革命队伍中来。于是决定派潜伏在国民党第九军第二十七师任上校副官长的赵醒吾，利用同乡和以往交情甚厚的关系，去做他的工作。

罗炳辉每次率队下乡"剿共"时，都感觉到不像北伐战争来此地时到处受群众欢迎，而今群众望风而逃，所抓到的"共党"嫌疑分子，尽是农民"老表"，也被无辜杀掉了。他怀疑自己这样做到底对谁有利？恰在这时，赵醒吾在南昌给他写了一封信，提出要前往吉安与他会晤，还明确指出："你办靖卫团办得好，可以为国家为人民造福；办得不好，则只能像曾国藩练湘军、李鸿章练淮军那样，成为封建势力的帮凶。"罗与赵以往交情甚笃，而且视为良师益友，接到此信，非常高兴，乃回复于赵："……无奈目前团务太忙，待能抽暇返回吉安时，定去信相邀。"赵醒吾为不失时机，再次发信给罗说："现在不能相见，日后恐无机会。"罗立即复信，邀赵前来。

7月初，赵醒吾到达吉安，按组织指示，先到白鹭洲阳明中学找地下党员李老师取得联系，根据地下党的介绍，安身于大陆旅馆，为稳妥起见，将美而美照相馆作为第三个联络点。

赵醒吾寄宿后，即到联防总团团部去找罗炳辉。在畅谈中，罗炳辉表示对蒋介石叛变北伐革命不满，对一些官僚政客不抱任何希望，并问赵醒吾的信中提示的问题，今后应当怎么办。赵醒吾见罗炳辉正义感很强，便进一步引导他说："你是个带兵的人，深知枪杆子重要，但是真正发挥枪杆子的作用，带兵的人必须有个清醒的头脑。在当前的形势下，应该认真想一想，孙总理的三大政策还要不要？"第一次谈话，赵醒吾明显地提出这样几个问题以后，便返回了南昌。

罗炳辉与赵醒吾接触后，思想上有了进一步的变化。一次团丁突然抓来几个"共产分子"，罗炳辉亲临牢房，想从这些人口中了解共产党和根据地的情况，不料那些人矢口不答正题，只是说："人没有饭吃总要死的，跟着共产党有饭吃。"罗炳辉听后甚为感慨，立即吩咐部下："买几斤肉，做点好菜给他们吃，吃完饭，放人！"这一举动轰动了全县，值夏、永阳、天河、固江等地的豪绅纷纷告发他释放抗税、抗捐、抗粮、抗债分子，并给他们饭吃、衣穿和盘费。在一次县政府召开的乡保长以上人员的会议上，县长冷照升指责他说："罗总团长初任职时，忠于职守，不仅本县齐声称颂，在卢陵十属中也有很高声誉，可现在却倒行逆施，不知是何道理？"罗炳辉理直气壮地说："我所释放者，皆系农民，他们手上有老茧，脚上有硬皮，所以放走他们时，给他们吃穿，远者给以路费，这有什么不对呢？"冷照升又说："总裁明谕，剿共非常时期，宁肯错杀三千，不能放走一个。你放走那么多人，难道不会有错放的吗？"罗答道："如果施以酷刑，屈打成招，莫说是一个共产党，十个、百个都可以招出来，如果把屈打成招的农民都当成共产党杀掉，那么谁来种地养活我们呢？孙总理制定的三大政策，今天不联俄、不联共了，为了你们不挨饿、不受冻，工农还是要扶助吧？如果这样做算是通共，那我只好向大家辞职。"

赵醒吾得知罗炳辉思想上、行动上有了变化之后，7月中旬又来吉安。此时我也来到吉安，被安置在一个酿酒房里，以工人身份做掩护，与赵醒吾接头，稍后又与罗炳辉接上了头。

这次，赵醒吾直截了当地问罗炳辉："国民党有政权，共产党有工农群众，究竟谁的力量大？"

罗答："得民心者得天下，失民心者失天下，最终胜利将归共产党。"

赵又问："共产党的主张如何？"

罗答："主张依靠工农，共同建国，很好。唯搞武装斗争不好，国家灾难深重，不能再打内战了。"

赵醒吾说："在上海、南京、广州，没有工农武装，不能自卫，被国民党杀了多少人？国家灾难深重的根源，是帝国主义、封建主义和官僚资本主义，国民党反动派极力维护这'三个主义'，你说共产党不把工农武装起来，不枪对枪、炮对炮，共产党人还不是要被杀光吗？现在蒋介石所代表的国民党反动派完全背离了孙中山先生的三民主义，像你这样掌握着枪杆子的人，想为工农谋点福利都谋不成。假如共产党不搞武装斗争，那救国救民，团结工农，不还是一句空话吗？"一席话，说得罗炳辉低头不语，赵醒吾便进一步说："我这次是提着脑袋来见你的！"

罗炳辉已肯定赵醒吾是共产党派来的，遂坚定地说："我罗炳辉不是出卖朋友的人。过去我虽然羡慕你忠实诚恳，品学兼优，远见豁达，但似乎还没有今天这样了解你，'士为知己者死'，我可以发誓：决不出卖朋友！"

于是，赵醒吾把自己的来意如实地告诉了他，并深入浅出地把三民主义和马列主义做了一个深刻的比较，阐明了只有马列主义才能救中国的真理。

罗炳辉在寻求真理的道路上，坎坷奔波十多年，终于看到了光明，并在信仰上实现了由三民主义到马列主义的转变。

经过一段时间的考察，中共赣西特委书记刘士奇和省委军事巡视员蔡升熙先后找罗炳辉谈过几次话。1929 年 9 月，经赵醒吾介绍，罗炳辉改名罗南煌，秘密加入了中国共产党。

此后，经省委批准，决定以罗炳辉掌握的武装为基础，以吉安为中心，联合杨必恭靖卫大队，由红军二团、四团配合，预定于 11 月 7 日（纪念苏联"十月革命"前夜），举行一次声势浩大的吉安十属总暴动。

正当暴动计划日臻完善的时候，湘系军阀鲁涤平接替滇系军阀朱培德统治江西，成光耀旅进驻吉安，金汉鼎被调走，彭学游接任吉安县县长。这些家伙反动气焰颇为嚣张，对吉安市进行了大搜捕。赣西共青团特委书记曾道懿被捕叛变，省委机要机关被抄，敌人在文件底稿中发现"罗、杨两部的工作须立即予以加强"的秘密。同时，南昌一个小报也登出："赵某往来吉安策划，罗、杨两部有异动，希望吉安当局予以注意。"

赵醒吾明知自己身份已经暴露，但以革命事业为重，把个人的安危置之度外，毅然决定迅速与罗炳辉接头，提前举行暴动。不料，敌人赶在前头，驻吉安的湘军成光耀部，对吉安市进行大规模搜捕，罗炳辉几次到大陆旅馆，不见赵醒吾，只好告诉联系对象申忠："等到晚上9点赵来，你俩迅速到大队部一谈；若9点不见赵回来，你要迅速离开。"晚上8点左右，幸好刘士奇见到了罗炳辉，告诉他情况紧急，便带着特委机关撤离了吉安。赵醒吾8点半回到大陆旅馆，还未来得及和申忠说话，就一起被敌人逮捕了。赵醒吾被捕后坚贞不屈，严守党的秘密，于1930年2月英勇就义。

国民党的这次搜捕，抓了700余人，党在吉安的秘密联络点遭到破坏，罗炳辉也受到敌人的监视。于是，赣西特委委员曾山写信给罗炳辉，要他迅速起义。大搜捕后不到一个星期，吉水靖卫大队被缴械，永新靖卫大队被解散，恰在这时吉安当局命令罗炳辉将靖卫大队调到城内整顿，企图趁机缴他们的械，一网打尽。罗炳辉将计就计，一面命令部队集中，佯装准备入城，暗中指派可靠的人控制部队；同时他又领了3000元军饷，带着大队部可靠的人员，于11月14日悄悄离开吉安到达值夏。应付走了成光耀派来监视他的一名副官，召集可靠的人员，酝酿起义。到了夜晚，发现二中队队长带着两个人离开值夏逃往吉安。起义行动受到严重威胁。

15日早晨，罗炳辉集中起第一、第二、第四中队，缴了全系地方势力组成的第三中队的枪械，宣布起义。同时宣布："愿意革命的跟着走，不愿意参加红军的，留下枪支回家。"当时有 180 余名官兵表示愿意跟大队长生死在一起。于是罗炳辉带着 180 余人、250 余支枪，日夜兼程奔向东固革命根据地。当晚到达新圩，与专程来迎接起义部队的赣西特委委员曾炳春会面，17 日到达富田。富田军民夹道欢迎，杀猪宰羊欢迎起义部队。国民党驻吉安第一四八旅旅长成光耀闻讯后，慌忙派兵跟踪"追剿"，遭到红军迎头痛击，狼狈窜回。

值夏起义部队经短期整训，编为江西红军独立第五团，罗炳辉任团长。此后，部队不断扩大和调整，1930 年 1 月，编为红六军（后改称红三军）第二纵队，罗炳辉任纵队司令。1930 年，在苏区召开的二七会议上，毛泽东、朱德接见了罗炳辉，称赞他是"一心追求真理的起义将军"。

红二十二纵队的诞生[*]

徐复祖

　　1929 年末，我家乡的农民暴动失利后，赣南特委派我到盘古山去工作。在步前圩，特委委员丛允中对我交代了有关工作："我们盼你早日来，一则怕你遭到危险，再则你有在上海搞工人运动的经验。特委决定在盘古山建立特区委，派你去担任书记。那儿有英、美收购钨砂的公司，由于他们垄断价格，劳资双方矛盾很突出，可以利用。派陈奇做你的副手，他是农民出身，参加过万安暴动。山上有个姓刘的南康人，因暴动失败而到盘古山，寄宿在他叔叔的棚子里，可以向他了解情况。山下乱石圩的钟元璋，茶樟圩的钟文亮、钟文辉，他们都是特区的基本党员。特委给你 30 枚银圆作为活动经费，以后的经费自己解决。另外，寻乌远离特委，交通困难，信件由你们转递。"最后，他还征询我的意见说：

---

　　* 本文原标题为《盘古山工农暴动暨红二十二纵队的诞生》，收录时做了适当修改。

"你的名字被反动派登报'通缉'过，必须更换，用什么代名字好呢?"

我说："我母亲姓刘，刘氏又是大姓，我就跟母亲姓，叫刘义顺吧!"次日，我和陈奇就动身前往盘古山。

盘古山蕴藏着丰富的钨砂资源，形成了以仁凤圩为中心的政治、经济、文化密切联系的三角地带。我们到盘古山，找到了南康姓刘的联系人，说明我们的来意，并把特委要在盘古山发动工人建立组织的打算向他做介绍。他听后，连忙否认自己是同志，说你们找错了人。我们察觉他已不可靠，便迅速离开，到伙铺清了账，搬到山上来住。山上有几千钨砂工人，都是自己选择地形、伐木搭棚居住。我们找到一个姓丁的赣县人，便住在他的棚子里。我们开始做生意，陈奇挑起盐担子，一边卖盐，一边察看了解情况，我便到茶梓圩去找钟文亮和钟文辉。

到了茶梓圩，找到了他俩，谁知他俩和山上姓刘的那个人一样，躲躲闪闪。我觉得情况不妙，赶忙离开，后来得知钟文辉已和仁凤圩反动靖卫团有了勾结。我又到乱石去找钟元璋，他介绍我在乱石圩上一户烈士家里住下来。我在阴暗潮湿的房间里写了不少标语，画了很多漫画。烈士的父亲承担了张贴标语、漫画的任务，他每天在三更半夜悄悄地把标语、漫画贴在仁凤圩的墙上、戏台上，盘古隘的茶亭里。当地劣绅、山霸看到这些红色标语，个个惶恐不安，群众传说："红军和共产党就要来了。"我们一面宣传，一面发动群众，建立党的组织，秘密建立工会和农民协会，盘古山周围的群众慢慢发动起来了。我们的工作取得了初步成效，我决定向特委汇报这几个月的工作情况，并请示今后的工作方针。

我在交通员的引导下，找到了特委机关。不久前，仁凤圩靖卫团杀害了一位叫作刘同兹的人，特委听说是"刘同志"，以为我已遇难，还为我举行了追悼会，当我出现在他们面前时，大家又惊又喜！我汇报完工作，接受了指示，又回到盘古山。由于工作紧张，活动经费越来越少。于是，我留在山上与赣县方老四搭伙，继续开展工作。陈奇到我的家乡去搞经费，不料他走后竟然一去不返，当了逃兵。

1930年春夏之交，乱石农民的耕牛吃了五沙一个劣绅的禾苗，这个劣绅扣留耕牛不放，扬言："已杀了吃了!"原来这个劣绅投靠禾丰、小溪靖卫团，胡作非为，常常欺压乱石的农民，这次事件激起了农民的义愤，群众起来要以武力夺回耕牛。我们想利用这个机会，变地域的群众械斗为有组织的农民暴动，矛头指向土豪劣绅和靖卫团。

为使群众相信我们，听从指挥，我们采用斩雄鸡、吃血酒，誓同生死的方法，来做战前动员，从而团结内部，统一行动，坚定斗志。我们的作战目标是直接指向靖卫团的据点；作战部署是兵分三路，火攻敌围的方法，中路正面攻击，左右打包抄。300多青年农民暴动队伍，扛着土枪、土炮和梭镖，携带灌了油的茅草火把，杀奔五沙。刚接近敌人，就下起雨来，于火攻不利，必须速战速决。于是，我下令："吹起冲锋号角！"暴动队伍以排山倒海之势，勇敢地冲向敌围。敌人在围内做困兽之斗，以猛烈火力阻止正面进攻，左右两路策应队伍立即纵火攻入敌围，敌人见围内着火，顿时乱作一团，中路也乘势攻入敌围，三路队伍喊声大震，劣绅和靖卫团团丁有的被当场打死、有的交枪举手投降。此次暴动，获得全胜，乱石的农民群众，杀了劣绅，夺回耕牛，缴获了靖卫团的全部武器，并从这次暴动中得到锻炼，我们也总结了经验。

时过不久，五沙的地主劣绅搬来了禾丰、小溪靖卫团，袭击乱石进行报复，烧、杀、抢、掠，整个乱石圩场和几百间房子化为灰烬，财物被抢劫一空。只有猪坑的人民拼死抵抗，才保住几十户人家的生命财产。乱石百户人家无家可归，致使特区委领导的第一次农民暴动失利。逃出来的300余名青年工农找到了我们，我就带领他们上山打游击。

正当我们处境艰难之际，忽然传来红四军占领会昌城的消息。我立即派人去探听虚实，派出的人员到了猪栏埠，就得到红军在会昌的确切消息，当天返回报告。于是，我就率领300余名经过暴动锻炼的青年工农连夜出发，同志们听说去找红军，犹如两肩生翼、脚底腾风，一个通宵就到了会昌。

到了会昌桥坞，我和钟元璋去找红军领导人，见到两名肩挎冲锋枪的卫兵，说明我们是来找前委的。他向我们敬了个军礼，用手指着前面的一栋房子说："那儿就是政治部。"我们到了政治部，只见屋里那位伏案写字的人，放下笔，出门迎接我们，进屋后他拉过一条长凳让我们俩坐下，他自己也靠着桌子坐下来，他看了我们一眼说："把你们那里的情况汇报一下吧！"这话是湖南口音，"莫非他就是毛委员？"我猜想着。于是我将我们的经历做了简要介绍后，汇报说：前不久，赣南特委派我到盘古山建立特区委，因为领导乱石农民暴动，消灭了五沙靖卫团，遭到敌人报复，乱石圩被烧毁几百间民房，许多人无家可归，有 300 余名青年跟着我们，要求参军。我将他们带到会昌，希望前委能接受他们入伍。这时警卫员进来说："报告毛委员，盘古山来的同志已安排在陈家祠堂，早饭已开过了。"啊，他真是毛委员，我抑制不住心情激动！他看了看表说，时间不早了，就在这里吃饭吧！吃过早饭，开个报告会。

饭后，毛委员召集红四军机关的有关人员来开会，他亲自主持会议，他说："报告会现在开始，由刘同志做报告，钟同志补充，我做记录。"

我简要汇报盘古山特区委半年来的工作后，继续说：山上工人分帮聚居，赣县、南康两县人数多、势力大，其中有的人曾参加过家乡的暴动。雩都、会昌两县人数次之。美、英在仁凤圩各设一个公司，压价收购钨砂，仁凤圩靖卫团包收包运，收保险费，还有百分之五由工人负担，所以工人生活困难。山上的工人多半是因经济上贫困和政治上受压迫，被迫离开家乡来挖钨砂的，这些人都是我们发展的对象，不过有些工人流氓意识非常严重，我举了几个例子。

毛委员插话说："旧社会的流氓习气很自然地会侵蚀到我们党里来，肃清党内流氓意识成了目前紧迫的任务，古田会议决议曾经提出过，你们看到过没有？"

"看到过，是特委印发的。"我回答说。

当谈到盘古山这个地名时，毛委员说："盘古开天地，未免太老，把它改为仁凤山，人们能懂吗？"

我回答："山下的仁凤圩，既是进山必经之路，又是政治、经济中心，叫它仁凤山，人们自然会懂的。"

这个报告会，我做报告，毛委员做记录，问问答答，大家都忘记了饥饿和疲劳，时已过三更，鸡鸣不已。毛委员根据我的汇报归纳写出了两篇文章《肃清党内的流氓意识》和《仁凤山及其附近》，装订成册，发给各级组织。我也领到一份。

第三天，我们接着开会，毛委员以红四军前委名义给我们布置任务，他说："把盘古山特区扩大为安远、雩都、会昌、赣县四县边境特区，刘义顺同志为特区委书记，前委希望你们边区委的工作能够打出一个新的局面来。"接着毛委员又宣布：成立红军第二十二纵队，刘义顺任政委，抽48条枪、960发子弹，装备红军第二十二纵队，发给山上工人纠察队8条粤造五响漏底枪。希望你们纵队和工人纠察队密切配合好。另外再抽四名军事干部和一名司号员给二十二纵队。他问："纵队队长有人吗?"我回答说："有,叫谢海波,信丰人,当过白军的连长,参加信丰暴动,失败后全家逃到盘古山。"毛委员对这个人选没有意见,他接着说:"边区工作以矿山为基点,各级组织要以工人为骨干,要向水波一样向四面扩展。边区工作暂时由前委直接领导,要向赣南特委汇报。"毛委员对怎样发动群众,组织群众,建立政权;如何没收地主反动派的财物;如何选择先进分子,建立基层组织;如何依靠工农群众,掌握苏维埃政权等都做了详细交代。

毛委员说:"当前主要任务就是分田,边区大约有多少地方可分配田地?"

钟元璋回答:"以仁凤圩为中心,周围百里之内可以分配。"

"必须在割禾前全部分完田!地主回来收租,农民就会通风报信,政府就去消灭他们,政权就巩固了,有困难吗?"毛委员问,我满怀信心地回答:"我们一定完成任务。"毛委员最后说:"明天你们可以回去了,下午到你们部队去和同志们见个面。"

下午2点左右,宽敞的陈家祠堂,摆好了300余人的讲话队形,毛委员来了!整个队伍热烈鼓掌接受毛委员的检阅。毛委员走到队伍前面发表了激动人心的讲话,他说:"你们是矿工和贫苦农民,都是革命的急先锋,你们从地下岩层里挖出来的钨砂，比黄金更有用处，可是换来的仍是糙米不饱肚，更谈不上养家。这是帝国主义、土豪劣绅盘剥的结果。现在你们是红军中的一员了，自己手中有了枪，可以打倒他们了。前几天，小溪、禾丰的靖卫团烧了你们的几百间房屋，现在你们要发动那里的农民起来革命，彻底地消灭封建势力，打倒土豪劣绅，建立苏维埃政权，实行分田分地，使人民当家做主人。"

过了一会儿，朱军长来了，他也向红二十二纵队全体同志发表了讲话。首长们都热切希望这个素质优良、都是矿工和贫雇农成分、经过暴动锻炼的队伍，能够迅速发展壮大，尽快扫除边区的白色据点，建立巩固的政权，打开一个新的局面。当晚，我们召开了特区委和红二十二纵队领导人的会议，研究部署作战方案，会议决定：乘红军在赣南的东风，立即组织和发动盘古山周围地区的工农群众，举行武装暴动，消灭仁凤圩及其周围的反动靖卫团，赤化边区，建立四县边境特区的苏维埃政权。为了暴动成功，对暴动队伍进行了周密的部署：（1）当晚派小分队返回乱石圩，把守乱石至仁凤、乱石至丰田的两条大路，行人只许进山，不许出去；（2）为了保密，队伍绕道晓龙，第二天傍晚到达乱石，第三天拂晓进攻仁凤；（3）工人纠察队到乱石后，当夜摸回仁凤山上宿营，再配备50支梭镖，拂晓前在仁凤通往小溪的路上埋伏，收缴逃敌的枪支。

同志们个个摩拳擦掌，满怀胜利信心。为使整个计划实

120

现，决定提前出发，到了晓龙，休息半天，而后分头行动，摸黑回到乱石。先行返回盘古山的刘世炯已经布置了秘密纠察队的行动，组织好了暴动队伍，并写了许多标语，准备暴动后张贴。

4月22日深夜，红二十二纵队从乱石开往仁凤，包围了靖卫团部，摸掉哨兵，靖匪从梦中惊醒，乱作一团，部队乘势冲了进去，大喊："缴枪不杀！"大部分靖匪乖乖地当了俘虏，个别的逃往小溪亦被我埋伏的纠察队收拾了，共缴80余支枪和大量弹药。紧接着，红二十二纵队又在矿工们的配合下，攻打钨砂兵驻地，端掉了美、英钨砂收购公司，活捉了山霸吴子光、杨生利、谢老山和钟一古等。

为了庆祝这次工农武装暴动胜利，4月23日上午，在竹山坪河坝上召开了庆祝大会，当地群众纷纷赶来参加，会场内外贴满了"工人们联合起来！""打倒山霸资本家！""建立工农政权！""红军万岁！"等标语口号。大会由刘世炯主持，我和谢海波讲了话，并在大会上宣布了安（远）雩（都）会（昌）赣（县）四县边境特区委和红军第二十二纵队正式成立，还宣布了四县边境总工会、矿工赤卫队、妇女会、儿童团等组织负责人的名单。最后，宣判山霸土豪劣绅杨生利、吴子光死刑，当场枪决！

红军端掉了英、美钨砂收购公司，消灭了矿警和靖卫团的消息，像春风一样很快传到了和平、兴宁、晓龙，一直传到汕头、广州，也传到了赣南各县乡村。当消息传到红四军前委后，毛委员和朱军长来信表示祝贺，并嘱咐我们加紧分田。从此安、雩、会、赣四县边境特区委领导红二十二纵队和边境工农群众，开始赤化四县边境地区，建立特区苏维埃政府，开展分田分地斗争。

瓷都首次红旗飘

马步英

　　我于 1923 年南下广州参加了国民革命军，后随军北伐至南昌，任国民革命军第三十三军第十六师独立辎重大队大队长。大革命失败后，我潜回家乡景德镇里村，继续从事革命活动。1929 年加入中国共产党，1930 年参与了景德镇工农武装暴动并参加工农红军。

　　1927 年，大革命受到挫败后，景德镇和其他城市一样，国民党反动派开始向革命党人和革命群众进行疯狂反扑，中共党的组织遭到破坏，工农革命运动转入低潮。景德镇的劳苦大众，特别是瓷业工人在封建恶霸和反动资本家的重重剥削压迫下，挣扎在水深火热之中，过着牛马不如的痛苦生活。仅在 1928 年和 1929 年两年内，工人罢工斗争就有 20多次。

　　1930 年 6 月，正当中共浮梁地下县委领导工农积极进行武装暴动的各项准备工作的时候，中共信江特委书记唐在刚、信江苏维埃土地委员会主席胡仁辉、红军代表谢金泉来到景德镇东郊里村，并在我家秘密开会，与中共浮梁地下县委共同研究组织景德镇工农举行武装暴动的问题。会上，大家一致认为，举行工人武装暴动势在必行，既要深入发动群众、组织群众、武装群众，又要得到红军的强有力的支援，方能有取胜的把握。在统一认识的基础上，浮梁县委即派我跟随胡仁辉赶赴信江苏区，向方志敏主席汇报情况。我和胡仁辉深感此行责任重大，便日夜兼程。由景德镇至弋阳必须取道浮梁南乡，经过乐平。这 100 多里地内，满布着国民党反动派的层层防线，我们选择山间小路，越过了敌人的哨卡，快速前进，只用了一天时间，就到了乐平的鹭鸶埠。这里与苏区只隔一条乐安江，过去就是红军控制的苏区。渡口被敌人把守着，白天过去很困难，终于在当天晚上求得一打鱼人的帮助，他用一条鹭鸶排把我们偷偷渡到对岸。

我们渡过乐安江，满以为可以大踏步地前进了，哪知苏区群众为了防止反革命分子破坏，对来往行人盘查得很严，各路口各村庄都有儿童团、妇女会的人站岗放哨。我们刚到对岸，就被儿童的哨卡视为"嫌疑"犯，被他们押着往前走。好在他们对我们并不虐待，而是一村押送一村，一直把我们押送到弋阳的黄家源。这里是苏维埃政府所在地。我们这才暴露了自己的身份，受到了苏维埃政府领导人的亲切接待和慰问。

在这时，我见到了邵式平。记得当年在南昌大江报馆相聚，他和方志敏、方维华以搞新文化运动开设新文化书店为掩护，秘密地进行着党的宣传工作和组织工作。那时，我还是一名非党群众，受到了他们多方面的教育和启发。今天，我以一名共产党员的身份，并带着党的任务来苏区见到这位使我不能忘怀的良师益友，我心里的高兴劲儿是无法用语言形容的。我简短地向他叙述了南昌分别后的经历和此次来苏区的任务。而后，在邵式平的安排指引下，我马上赴弋阳芳家墩去见方志敏主席。

方志敏主席在他的办公室接见了我，他首先开口："你是马步英！真快！真快！我们在南昌分别已有好几年了，你好！"方志敏和我共同回忆起当年在南昌时的情形。我首先汇报了我们的准备工作情况，我说："经过几个月的准备，群众已经发动起来了，并在工人中组织了纠察队，准备配合红军攻打景德镇。我们计划把工人纠察队分为两部分，一部分留在镇里做内应，还有一部分由徐细毛带领分布在马鞍山一带，待红军到后做向导，并配合红军攻打。"接着，我又向他汇报了国民党地方部队的部署情况："经过我们多方面调查，景德镇只有两支保安队，共有200多人枪，警察局有左右两个分驻所，再加消防队，共有100多人枪，连同法院法警、税警的枪支，全镇共有长短枪400支左右。其中有些是打不响的。这些地方反动武装的成员，多是劳动人民出身，出来当兵是被迫的，我们已利用各种关系在他们中间做了些工作。还有些人生活腐化，他们把每个星期六晚上视为

'开斋日'，进赌场、嫖妓院、下酒馆、吸鸦片，通宵达旦，军纪全无，这样的队伍是没有战斗力的。"同时，我还向方志敏主席提出了红军进军景德镇的路线的建议，即沿着洛口、山查、东流、安徽边境的山区一直南下，这条路线既可避开敌人据点，又可不用摆渡过河，减少行军阻碍，可以出其不意，直插景德镇。这条路线是经过我们几天实地勘察而选择的。方志敏主席耐心地听取了我的汇报后，又仔细地察看了地图。

　　方主席指挥神速，决策果断。在我向他汇报后的第二天，他就从外地调来江西红军独立第一团，并做好了进军景德镇的准备。这个团有 400 多支枪，还有些是不好用的，但战士们的政治觉悟高、斗志旺盛，充满着胜利的信心。第二天清晨，方志敏、邵式平、周建屏率领部队出发，我被派为军委会副官，跟着方志敏。部队行至乐平洛口时，遇上以许英为首的地方反动武装的阻击。方志敏命部队摆开阵势，亲自指挥，战斗近一小时，就把敌人击溃了，还缴获了一些枪支弹药。部队在洛口稍事休息，天还未亮，就摸黑出发，取道香墩、段家。这天大雨滂沱，哗哗地下个不停，部队在雨水中飞奔，当晚赶到段家。指战员们浑身湿透，但没有一人掉队，军纪井然，斗志昂扬。

　　部队在段家只休息了两小时，就继续前进了。出发前，全体指战员都把佩在身上的红军符号取下，换上了国民党军队的符号，用安徽靖卫团的旗帜和番号。段家距景德镇还有

100 多里，战士们听说第二天就可抵达景德镇打仗，个个摩拳擦掌，恨不得插上翅膀飞到景德镇。因为大家都懂得时间就是胜利，尽管天黑有雨，路上泥泞溜滑，但仍然按时在 7 月 6 日天亮前抵达景德镇东郊里村与工人纠察队会合。

红军与工人纠察队会合后，方志敏立即会见了在这里等候的唐在刚和浮梁县委的负责人，听取他们的汇报后，遂决定按计划进城里包抄敌人的各个据点，还部署红军小分队和工人纠察队把守马鞍山要冲，以防敌人从此逃跑。

7 月 6 日天亮前，江西红军独立第一团在工人纠察队的配合下，兵分五路，由马鞍山经杉树巷向镇区中心进发。第一路从单栅门经苏家弄直插国民党浮梁县政府；第二路从周路口插到吉安会馆和广肇会馆，以堵截右警察分驻所；第三路从莲花圹插到宁国会馆，以控制左警察分驻所；第四路从莲花圹分道，经龙缸弄插向设在"龙珠阁"的浮梁县警察局、消防队；第五路从彭家弄直插驻扎湖北书院的浮梁县保安队。

7 月 6 日是星期天。前天晚上，国民党官兵几乎都沉醉在赌场、酒馆、烟馆和妓院，过他们的所谓"开斋日"，星期天要睡到中午才能起床。红军在工人纠察队配合下进入镇区，敌人毫无察觉，国民党浮梁县县长李厥德在梦中被枪声惊醒后，惊慌出后门逃命，保安队队长于光明也越墙逃跑。因红军进镇突然，敌人失去指挥，驻扎在县政府院内的大部分队警被俘，有些是自动缴械投降的。接着，红军和工人纠察队又冲进县政府旁边的丁漕局（经征处），缴获了账册、红簿和文件。县教育局局长程人鉴妄图反抗，被当场击毙。袭击县警察局、消防队的红军和工人纠察队，在收缴枪支时，活捉了企图逃跑的组长吴凤鸣。驻守在湖北书院的保安队，获悉红军进镇、镇内工人暴动的消息后，携械向彭家下弄河边逃窜，妄图抢夺民船过河。这时，早已预伏在河西对岸和山头上的工人纠察队摇动红旗，吹起口哨，喊着杀声，在铁皮桶里燃放鞭炮，吓得敌人晕头转向，慌作一团，遂又回头进镇，结果还是当了俘虏。其他各处敌人亦因"疏于防范"，纷纷溃退而逃。红军则在工人纠察队的配合下，高举红旗，长驱直入，先后占领了国民党浮梁县政府、党部、警察局、电报局等机关，并冲进设在公馆岭的县监狱，解救出300余名被关押的革命同志和无辜群众。整个战斗只进行了两个多小时，共放了几十枪，就解除了敌人的全部武装，共缴获长短枪40多支，子弹千发和其他一大批军用物资。

7月7日，全镇工农群众在莲花圩集会，方志敏在会上讲话，宣传共产党的政治主张和红军的政策纪律，号召劳苦大众团结起来，同国民党反动派做坚决的斗争。会后，成立了筹款委员会，清算反动资本家的财产，号召群众提供清算名单。对此，镇内的劳苦大众兴高采烈，拍手称快，燃放鞭炮，悬挂红旗，以示庆贺；而大小官绅、封建把头则惊恐万状，有的逃之夭夭。镇内的工人纠察队和郊区的农民赤卫队，积极配合红军四处搜查，抓获了一批残酷剥削工人的

"吸血鬼"。国民党浮梁县党部监委江溥，平时作恶多端，民愤极大，畏罪潜逃，后被捉拿归案，立即押至五王庙河边公开处决。同时被捉回和处决的还有南昌巡官朱光前、总局稽查员张继安和招兵委员汪柏宪等反动官吏以及罪大恶极的红帮头子"三十万麻子"。所谓瓷业界"三尊大佛""四大金刚"之类的头目陈仲西、赖廷栋、倪同兴等人也被群众搜查出来捉获，押送到军委会临时办事处法办。方志敏向他们交代政策，指明出路，教育他们改恶从善，并分别视不同情况陆续放回，暂时没有释放的有陈仲西、赖廷栋、倪同兴。我们对这些"吸血鬼"并不虐待，以示红军的宽宏大量。陈仲西是景德镇都昌派的魁首，赖廷栋是景德镇抚州的首脑，倪同兴是景德镇杂帮派的巨头，他们平日明争暗斗、尔虞我诈，我们就利用他们之间的矛盾筹集军饷。陈仲西为了"讨好"红军，打击别的帮派，主动开了一份名单送给我们，并说："这份名单上的人都是最有钱的，某人可筹饷1万元，某人可筹饷5000元。"又说："我为了赎罪立功，特意写了这个名单，作为向红军的献礼。"我们深知陈仲西的用意，就收下了他呈送的名单。而后，我们将这份名单分别给赖廷栋、倪同兴看，赖、倪看了非常气愤，大骂陈仲西，同时他们也写了一份有钱人的名单，多数都是陈仲西帮派里的人。就这样，我们在很短时间内，为红军筹集了大量黄金、白银，仅银圆一项就有数十万元。接着，我们在郊区里村、清圹、罗家桥等村发动和组织"红车队"（手推独轮车，因车涂着红漆，故称红车），把筹集到的军饷和战利品运往苏区。为了扩大红军队伍，壮大革命力量，景德镇地方党组织积极开展扩红活动，只用了几天时间，就动员了上千名瓷业工人参加红军，壮大了红军力量。

景德镇的工人群众，在红军的大力支援下，取得了暴动的胜利，革命红旗第一次在瓷都上空高高飘扬。几天后，方志敏、邵式平、周建屏率领江西红军独立第一团和新参军的1000余名瓷业工人回师弋阳苏区。旋于7月22日，在乐平众埠街南界首村正式成立了中国工农红军第十军。不久，红十军先后出击赣北各地时，以景德镇为据点往返活动，并较长时间驻在景德镇。这不仅扩大了红军的政治影响，而且有效地巩固和扩大了景德镇工人暴动的胜利成果，促进了景德镇革命斗争的向前发展。正如后来方志敏、邵式平向毛泽东汇报工作时，毛泽东说："我知道，我看到你们打下景德镇的消息很高兴，景德镇是江西四大名镇之一，打下它影响大着哩！"

新城起义前后

陈正湘

"叭!"清脆的枪声,惊醒了甜睡中的大庾(今大余)新城镇。1930年仲秋的一个深夜,驻赣南之国民党滇军军阀朱培德部第三十四旅六十八团八连(后有七连)部分士兵宣告起义了。

我是这次起义的组织者之一。倒戈红军,是起义士兵的共同心愿,是我们经过一年多观察、思索后所做出的正确抉择。这不仅使自己找到了光明的前途,而且在革命事业上也算是贡献了一点微薄力量。

1928年12月中旬,红军会师井冈山。国民党反动派惊恐万状,集中重兵,对井冈山革命根据地进行"围剿"。那时,我正在滇军第三十四旅六十八团八连当兵,旅长马昆,团长杨映智。一天,马昆命令我们团立即出发,与赣军刘士毅旅2个团和七师二十一旅李文彬2个团共同"追剿"南下之红四军主力,所有"追剿"部队统归李文彬指挥。

红四军主力从井冈山以南地区出发，占遂川、过崇义，很快进占大庾县城。不久，李文彬部向大庾进犯，双方展开激战。我们团插到大庾东南 20 余里的地方，控制山地隘口，以截击红军。

我们控制的隘口，是红军突破赣粤边境，向"三南"进军的必经之路，地势险要，易守难攻。苦战一天的红军通过这里时，其后果可想而知。这不能不说是李文彬的如意算盘。但滑头的杨映智与李文彬同床异梦，貌合神离，心里另有一套"小九九"：保持实力，不与红军交锋，当红军从大庾南撤经过隘口时，杨映智命部队让开通路，待红军通过后才开火。我们在山头上胡乱打了一阵机枪，打了几发迫击炮，这实际是打给李文彬听的。

在一个多月的所谓"追剿"中，我们团总是在刘士毅部后面跟进，距红军十余公里，一直未同红军交过火。红军在进军途中不恋战，偶遇追堵之敌，或者攻其一"点"，打了就走，或者金蝉脱壳，使其不知去向。六十八团在李文彬的催促下，"追"到吉安东固时，红军去向不明，天又变了脸，云山上下烟雨茫茫。正当我们被红军拖得人疲马乏之际，电报传来蒋桂战争爆发的消息，六十八团即按指令撤到吉安休整待命。这次"追剿"便在一无所获的情况下草草收场了。

后来，我们又奉命对赣南、闽西进行过几次"清剿"和"进剿"，每次都徒劳往返。就在这一年多的时间里，我们看到了由军长朱德、党代表毛泽东签发的《红军第四军司令部布告》，革命道理深入浅出，文字语言生动易懂，特别是布告明确宣布："红军宗旨，民权革命"；"平买平卖，事实为证；乱烧乱杀，在所必禁"；"地主田地，农民收种；债不要还，租不要送"；"增加工钱，老板担任"；"苛税苛捐，扫除干净"；"发给田地，士兵有份"；"外资外债，概不承认；外兵外舰，不准入境"；"打倒列强，人人高兴；打倒军阀，除恶务尽"。同时，我们耳闻目睹了红军所到之处，打土豪，分田地，土地革命的烈火熊熊燃烧，苏维埃政权及赤卫队（暴动队）、儿童团、农协、妇女会等群众组织纷纷建立，广大劳苦大众扬眉吐气，拍手称快。共产党和红军以实际行动实践着自己的宗旨和主张。因此，红军为人民，人民爱红军，红军与老百姓唇齿相依、水乳交融。一次，我们从赣州出发到雩都（今于都）以北"清剿"，看到沿河两岸及山上到处红旗招展，不时听到土枪、土炮和机枪（实为燃放于铁桶里的鞭炮）声。我们搞不清是怎么一回事，不敢贸然前进了。后来才知道，原来是苏区群众为掩护红军而虚张声势。这与国民党部队欺压百姓，百姓憎恨国民党部队（被群众称为"白匪"）的情形形成鲜明的对比。

一次次见闻和经历，对于国民党部队的士兵来说，无疑是一堂堂生动而深刻的政治课。我渐渐地明白了国民党反动派、土豪劣绅和外国侵略者之所以对共产党和红军恨之入骨，就是因为共产党和红军专跟他们作对，而一心一意为贫苦大众谋利益。事实擦亮了我的眼睛，使我这个为了活命从小就给地主放牛做杂工的穷苦人，心里燃亮了一盏灯：脱离军阀部队，参加红军去！

潜伏在第六十八团司令部的中尉书记官张扬、二连中尉排长王透、八连上士文书彭加伦（党支部书记）等常常利用整训或星期日，到我连连部以学唱京戏和学拉二胡为由，接近士兵，向士兵宣传共产党的主张，传播革命道理，介绍革命根据地的情况，在士兵中"拜把子"，建戏社，并暗中布置"不打红军，要打就朝天空放枪，能到红军那边去的都过去"。一次，旅长马昆令第六十八团去雩都"剿共"，士兵乱放一阵枪后，就放弃阵地。这次未与红军联系好，很多想趁机过去的士兵都未过去。第二营遭红军迅猛反击，被迫溃退雩都上堡，三营九连中尉排长杨绍如（中共地下党员）以掩护二营撤退为由，把该连拉了出来，投奔了红军。张扬、王透、彭加伦、杨绍如等人的共产党员身份是不公开的，我真正清楚他们的共产党员身份是后来的事情。但他们的活动，对我的影响很深，教育很大。

第六十八团有少数连长、排长过去曾在朱德任团长的朱培德第三军军官教育团里受过训，有的亲耳聆听过朱德的教诲，虽说他们不是共产党员，但很少听到他们讲共产党和红军的坏话。这些人的言行对我也产生过好的影响。八连连长杨济民大概也是共产党的"同情分子"，他听到下边有什么议论，往往睁一只眼闭一只眼，很少责骂士兵。"老兵油

134

子"杨志华，以前当过少尉、中尉排长，后几次被降职，当了中士班长。他参加滇军较早，对朱培德第三军的内幕比较了解，他常骂朱培德、马昆等人是军阀、恶棍，对国民党的"反共"宣传嗤之以鼻。一次，团里一个所谓"政治特派员"利用"孙中山总理纪念周"（平时每周集合全团训话）的机会，重弹"反共"滥调，并恶毒丑化朱德、毛泽东等红军领导人。杨志华便对我们讲："别听他那一套，说人家共产党、红军怎样怎样坏，纯粹是胡说八道。"还说："我见过朱德，听过朱德讲话，他熟悉国情、民情，关心士兵生活，讲的道理我们心服口服；他平易近人，毫无架子，有空就同下面的人摆龙门阵，大伙都尊敬他，根本不像他们（指'特派员'等）说的那样。"杨志华这样的人，对共产党和红军来说起了义务宣传员的作用。

1930年5月，蒋（介石）、冯（玉祥）、阎（锡山）军阀战争爆发了。红军抓住这一有利时机，发展革命力量，开辟革命根据地。在此之前，红四军几次赣南征战，攻克南丰、会昌等九县，推动了赣西南各地工农群众的暴动起义，特别是罗炳辉领导的吉安、吉水等八县保安队起义，使赣西南革命根据地更加巩固和扩大了。

蓬勃的革命形势，进一步激发了我参加红军的欲望。

脱离军阀武装，参加红军，我是暗自下的决心。但我不愿自己一走了之，我打算联络一些与自己志同道合的人共同行动。那时，我们八连士兵已有了自己的组织——士兵互济会，我决定以互济会做掩护，首先在互济会里寻觅知音。互济会的负责人是四班副蒋安之和五班班长靳某某（名字忘记了），我为互济会委员，连里大约有一半人参加了这个组织。互济会的性质是半公开半秘密的，大家以此互相交流感情，商讨对策，共同对付那些欺压和虐待士兵的官长。我向比较知己的几个会员如许德中、徐士弟等人讲了自己的打算。不出所料，我们一拍即合，秘密联系，不断扩展壮大"队伍"。同时，利用同乡和朋友关系，在其他连队士兵中开展"策反"工作。在旧军队里，官长和士兵的关系比较紧张，朱培德、马昆历来把是不是云南人作为物色和提拔军官的标准之一。如我排有个云南籍上士班长，呆头呆脑，连口令都喊不好，只因其是云南人，且又"听话"，上司便让他当了排长。对此种做法，士兵们十分反感，加之通过各种渠道受到革命思想的影响，大家对官长无不侧目。当官的则认为自己有倚仗，也愈加不把士兵放在眼里。所以，士兵与官长间有一道无形的"鸿沟"。这种状况既为我们寻找和发展"伙伴"提供了有利条件，又决定了我们寻找和发展"伙伴"只能在士兵中进行。

正当我们秘密发展"伙伴"之际，发生了闹饷事件。

1930 年 7 月的一天，马昆令我们即刻出发，执行一项紧急"清剿"任务，广大士兵从心底里真不愿再为军阀卖命去了，于是我们的"士兵互济会"组织大家闹饷进行抵制。当时军饷靠南昌已经没有指望了，即使能接济一二，还不够官长层层克扣的。一年多来，士兵只领到过两个月的军饷。在这种情况下闹饷，可谓一呼百应。

闹饷首先从我们八连搞起来。我们连是机枪连，当时驻在赣州城里东南隅的一所中学内。我们把学校四周制高点控制住后，接着把学校大门和胡同口堵住，架起了重机枪。我们的口号是：强烈要求发给军饷，不发饷，不出发！坚决反对克扣士兵军饷！连长、排长见状，都吓得溜了。随后，七连和五连一部分也闹了起来。马昆怕事情闹大，不好收拾，便派人进行调解，每人发给 1 块银圆。事后，马昆集合部队训话，但没让八连参加。

八连带头闹饷不久，杨济民连长被调走，其职务由师工兵连一个姓汪的连长接任。姓汪的来后凶得很，处处找碴施淫威。当时部队规定每星期六下午为擦枪时间，一次，大家擦完后，没有验枪，第二天照常休息，一部分人上街去了，汪连长便大发雷霆。他突然紧急集合，让上街回来的人一字排开，趴在南大街店铺前的青石板上，用扁担朝他们的臀部猛打，十六七个人，个个被打得皮开肉绽、鲜血淋漓，其状惨不忍睹。大家发誓，有机会一定向姓汪的讨还血债！

我们分析了从闹饷到汪连长来后这一段的情势，认为杨连长被调走，马昆训话不让参加及汪连长毒打士兵绝非偶然，种种迹象表明，马昆要对我们下毒手了。因此，我们秘密商定，一定要赶在马昆下手之前行动。

1930 年 9 月下旬（中秋节前），上边派我们二营到大庾接广东军阀部队送来的军饷。到大庾后，部队休整两天，我们一些活动分子利用这个机会，分头到各连"串联"，向同乡、好友等"关系"说明这回途中准备起义的打算，约定到时一起行动。

接饷回赣州的第一天下午，我们来到新城镇。我连分散驻进几家店铺，连长、排长和上士等人驻在一家有四间门面的铺子里。

我们决定午夜 12 点打响起义的枪声。当然，这一枪不能空放，要击毙那个甘当军阀走狗、最为士兵愤恨的汪连长。睡前，大家都悄悄做了准备，重机枪由五班副许德中和徐士弟等人控制。

11 点，我和张春华、何友铭、王德庚换岗上哨。这时，更深人静，晚风习习，整个镇子死一般沉寂，偶尔从远处传来几声狗叫。约莫半小时后，我们开始行动，由张春华、何友铭分头去叫醒大家，立即到预定地点集合；我和王德庚的哨位就在连部门口，由我俩负责收拾汪连长。

此刻，屋内汪连长几个鼾声此起彼伏，睡意正浓。王德庚在门口持枪掩护，我一步跨进屋内，凭借挂在墙上的那盏马灯的灯光，辨认出睡在西头的即是汪连长，我举起汉阳造步枪，对准他那长满横肉的脸扣动了扳机，随着"叭!"的一声响，汪便做着美梦上阁王殿报到去了。

清脆的枪声，把屋内另几个人都惊醒了，有的掀起被子猛地坐了起来，有的则往被窝深处缩。我和王德庚同时喝道："不准动，谁动就让他跟姓汪的同样下场！"我们端着枪迅速退到铺子外面，反扣店门，直奔集合点而去。

很快20多号人就到齐了，大家扛着机枪、步枪和子弹箱，跑步来到镇子西边事先选好的会合点，等待其他连队的响应。等了约一刻钟，我们见无动静，又不能久待，便朝上犹（陈毅军长领导的红二十二军在此）方向疾奔。

天明时分，我们抵达上犹以南五六十里的杨眉寺。我们决定在这里吃早饭，稍事休息。为了尽快与红军取得联系，我派人先行一步，直奔上犹，并分别向新城、大庚方向派出瞭望哨。

早饭后，七连100余人的起义队伍在蒿新胜、孙继先（均为排长）率领下，也来到了杨眉寺。大家聚在一起，互相问候，欢呼雀跃，异常高兴，每个人都觉得自己好像已是红军战士一样。

当我们整理行装，准备离开杨眉寺时，驻大庚的三十四旅六十七团派来说客，劝我们回去，并说不愿意回原团、队的，欢迎到六十七团，并说回去后保证生命安全。我们当然不买他的账，明确告诉他：我们参加红军的决心不动摇，想让我们还去为国民党反动派卖命，办不到！来人碰了钉子，灰溜溜地走了。

我们扛起背包和枪弹，继续朝上犹前进。走到离上犹不远的营前时，红二十二军陈毅军长派来原在六十八团做兵运工作的彭加伦、王透来接我们了。到上犹后，我们受到军民的热情欢迎。在一次联欢会上，陈毅军长亲切地接见了我们。不久，我们同军部特务连合编为军特务团，下辖3个连和1个重机枪排。团长王透、政委彭加伦、副团长嵩新胜，原军特务连为一连，我们起义过来的130多人，又补充了百十人，编为二连、三连。后来，我随军特务团重机枪排一起编入六十四师特务连，师长粟裕、政委高自立。

不久，国民党反动派开始对中央革命根据地进行"围剿"，我们新城起义过来的130多人，在经历了敌人第一、第二次反革命"围剿"后，都成了师里的连排骨干。

秋收起义中的工农革命军第一团*

杨立三

    1927 年 5 月 21 日，反动派在湖南发动了马日事变，大肆捕杀共产党人。当时我是一个区的农民协会委员长与共产党支部书记，在敌人两个连的搜索下，不得不出走武汉，经湖南区委（当时不叫省委）介绍，找到了在武昌一个小花园里办公的党中央军委。我初次见到了周恩来同志，他命我随同陈赓同志去二十四师叶挺同志的部队工作。到了武汉黄土坡二十四师留守处，我又被派去湖南任新兵招募委员，随即同由安源 100 多工人组成的一个新兵连回武汉。党就决定我任这个新兵连（当时称第九连）第一排排长。工人连的共产党员占一半左右，加上湖北天门十多个青年学生，又都是共产党员和共产主义青年团员，党的领导力量很强。我们二十四师补充团首先组织了 1 个营（除我们连外，其余几个

---

*　本文原标题为《秋收起义中的第一团》，收录时做了适当修改。

连都是湖南、湖北两省来的农民及若干做过工农运动的同志），就开始了紧张的暑天练兵。

在 7 月中旬的一天晚饭后，我们游历蛇山回营时，连长黄攒（共产党员，黄埔军校学生）通知我今晚有紧急行动，嘱咐我将全连部队即刻准备好。黄昏以后，我们全营就静静地开往当时国民政府警卫团的营房，一天一夜不准一个人出营门。第二天黄昏时，宣布我营编入警卫团为第三营（警卫团原第三营大概因为有守卫勤务而留下），团长是卢德铭同志（共产党员）。接着，全团以不到两个钟头的时间，迅速登上了一艘大轮船，我们第三营在船的最高一层。轮船立刻起航了，歌声起处，军旗飘扬，舳舻直下，破浪中流，站在船的最高处，远望浩荡长江，其雄伟难以形容。连长秘密通知我说："上级党指示，现在反革命在全国各地进攻革命，武汉政府已经动摇。党的任务仍是打倒帝国主义……现在是联合国民党左派，反对国民党右派，实行土地革命。我们奉命开往南昌去，要与二十四师会合。"当时我们这个营尚未全部武装起来，每连只有23支用作新兵操练的不大好的步枪。

第二天天明后船泊黄石港，团长卢德铭同志事先派出沿江侦察的小轮船，查明九江方面有反动军队布防，不好通过，就决定由黄石港登岸，从陆地步行去南昌。当时见到长江中有部队连舟东下，卢团长知是教导团，也是奉命开往南昌的，便发号通知停止。可惜江大水遥，号声难达，未能阻止住。后听说该团经过九江时，被反革命军队全部缴械。我军在黄石港附近登陆后，以两天行程到达阳新县城，向县政府筹发每人100枚十文的铜圆。休息一天后，经水路乘了一程船，又步入武宁城，跨过九岭山脉，进入靖安。在城外野营一夜，继续向南昌前进，到达奉新县城。因连日暑天行军，战士们非常疲劳，遂就地休息。这时候，得悉南昌起义的部队于我们到达奉新城的那一天，已撤出南昌向南行动了。团长卢德铭同志认为已追赶不及，不得不放弃与大军会合的企图，折向西进到达邻接湘、赣两省之修水县城。与江西朱培德交涉，以江西省防军暂编第一师的名义，取得在修水暂时休整的机会。

经过一个月左右的时间，党发动了秋收起义，我们第一团受命向平江出动。那时我因病休息月余，不能在连工作，师委调我到师部任副官。到师部后，才知道起义的战斗计划：第一团消灭长寿街敌人后，进攻平江县城；第三团经东门、达浒进攻浏阳县城；第二团打下醴陵后，与第三团会合攻浏阳。三路兵马同时出发，得手后合攻长沙。师部新制了100面大红旗，于农历八月十四由修水城出发，第二日在渣津过中秋节，第三日进到龙门。谁知一到龙门就传来了前线失利的消息。我仅离开三天的那个连，干部有的牺牲，有的失踪了，全连归来士兵仅30多人。师部当晚即东折向湘赣两省交界之浏阳、修水、铜鼓地区开进，收容队伍，继续南进。

某日宿营时，我在师长处见到了几张草纸，上面是用橘子浸水写的字，后来用矾洗显出来，见信后面署名的是"毛泽东"。信上谈到第三团在东门作战不利，第一团在金坪失败，要师部和第一团向文家市进发，与第三团会师。由此我知道毛泽东同志来了，大家都非常高兴。

　　经过几天行程，我们到达了文家市，与第三团会师。毛泽东同志很快就来到了师部，与师首长们谈话直到深夜。我早就替他准备好住的地方，谈话结束后，便以万分高兴的心情把他接到这所屋里去。睡觉的地方，仅仅是一张门板。当时，他穿着老蓝布农民衣服，脚穿草鞋，脚趾已溃烂。我问他的脚是怎么溃烂的。他告诉我，脚是由长沙来时爬山烂了的。我说，我早在报上看过他的《湖南农民运动考察报告》。他听了，惊奇地说："你看到我的《湖南农民运动考察报告》了？"我说："看到了，你那篇报告对我们在湖南做农民运动的人来说，是一种很大的鼓励。他们总说我们'过火'，实在怄气得要命。"他笑了。

　　第二天，队伍在文家市一个不大的坪里集合了。毛泽东同志出现在部队面前，大家的视线都集中在他身上，心里都很兴奋。那时，部队还不习惯鼓掌欢迎。他要大家坐下来，先告诉我们国内情况，继而指出，这次两湖秋收起义，虽然打了两个小小的败仗，但这不算什么，我们的斗争才刚开始。我们有湘、鄂、赣、粤已经组织起来的千千万万的工人和农民，他们正在和我们一道与反革命做斗争，我们的力量是伟大的。反动派并不可怕，只要我们团结得紧，继续勇敢作战，胜利一定是我们的。大家听了都满面笑容，失败情绪一扫而空。部队好似得到新的生命，继续向南开进。

工农革命军第三团在秋收起义中

吴开瑞

工农革命军第三团前身是浏阳县工农义勇队，它创建于1927年马日事变前。1927年7月，根据中共湖南省委的指示，第三团离开浏阳，到达平、修、铜交界的长寿街驻扎。在此，接到中央指示，部队番号改为国民革命军第二十军独立团，开往南昌，归贺龙指挥。

那天围桌开会，看见桌上火柴盒上"燮昌"牌，就决定独立团向外公开的团长苏先骏署名为"燮昌"。我比部队早几天动身，想在南昌搞点弹药、单衣等军用品。8月上旬，独立团到达了涂家埠火车站，遇到去南昌镇压起义的国民革命军第二十五师，就放弃了坐火车去南昌的计划。我在南昌知道起义部队已南下，乃折回奉新到安义，才找到了自己的部队。在此，我向领导报告一切，于是党代表潘心源同志就在高安召开了整顿思想的干部会议。会上斗争很激烈，苏先骏闹个人英雄主义，不服从党的领导，受到了严厉的批评。会议决定，今后大事一律由团部党委讨论通过才能执行，不能由团长一人独断。这一决定加强了党的领导，巩固了军队。为了明确今后行动的方向，会议决定由潘心源去湖南省委请示汇报，队伍则去平、修、浏、铜四县交界的地方，暂时休整。8月20日，独立团到达了铜鼓。我们对这个地方不熟悉，不知道是疟疾病区，铜鼓的老百姓大都打摆子，我们好多人不久也得了此病。

驻铜鼓不久，得知武昌警卫团到了铜、修两县之间的山口。苏先骏骑着马，挂着手枪，带两个人前往山口，与警卫团联系上了。他回来没有做传达，只说那里土布多，只得等潘心源回。我们部队出路如何，上级没有指示，自己没有一个决定，方向不明。1927年9月，快要过中秋节时，毛泽东同志历经艰难险阻来到了铜鼓。毛泽东同志首先要与全团干部见面，于是就布置了这样一个仪式：全团排级以上干部参加中秋节聚餐宴会，欢迎毛泽东同志。筵席上摆了黄牛肉。在宴会上，毛泽东同志做了重要讲话，传达了党中央八七会议精神以及省委、安源市委有关秋收暴动的部署，并宣布我们部队改编为工农革命军第一军第一师第三团，团长苏先骏，党代表潘心源，由于潘未到职，由徐麒代理，参谋长黄坚，参谋吴开瑞，组织委员张启龙，宣传委员张子清。第一营营长张子清，第二营营长汤采芝，第三营营长伍中豪。全团共有1000人。

次日，部队出发前，集合在铜鼓大沙洲上，毛泽东同志检阅部队，向全体指战员做了动员，号召秋收暴动。随后，我们第三团浩浩荡荡向浏阳进发。

途中，经过浏阳县境的白沙镇、东门市。在东门市盘踞着国民党第八军的 2 个营，在白沙的是敌人一个连哨。由铜鼓到白沙有一天路程，由于大家精神振奋，不感到累，连摆子病也没发。到了距白沙镇 8 里地的壕溪，就分三路前进，一举攻下白沙，歼敌一部分，残敌溃逃至东门市。在白沙，毛泽东同志住在学校里，住房是对山开的窗户，蛮优雅。他表扬了第三团的全体指战员作战勇敢，旗开得胜，马到成功。

部队在白沙住了一晚，就进攻盘踞东门之敌。全团指战员齐心合力，一鼓作气，击退了敌人，占领了东门市。从东门市再过去的路，就是处于峡谷之中，因此，在东门暂停下来侦察敌情，并派政工人员就地发动群众，开展打土豪劣绅的活动。

第二天早饭后，为了防止敌人偷袭，把火力配备好的一营一连拉到制高点防守。大概是上午 9 点多钟敌人果然来了，战斗开始，敌人用机枪扫射，但是这个连在制高点，又有一个连增援，一直打到下午。毛泽东同志和团部领导人研究，决定把部队往回撤，晚上驻扎在上坪。在此，毛泽东同志召开干部会议，决定开往文家市。部队走的是山区，路生人疲，行路艰难，几天以后才到达文家市，一路上似乎没有遇到敌人。

9月19日早饭后，工农革命军第三团到达文家市，随后第一团来了，第二团的人数来得最少，因其主力在浏阳城被打散。文家市会师后，立即开展群众工作，派出政工人员写标语，到农民家谈心，宣传工农革命军是工人农民自己的部队，是共产党领导的部队，农民兄弟要团结起来，同土豪劣绅做斗争。通过宣传，气氛热烈起来了，部队把大土豪彭伯堂的谷仓打开，将谷子分给贫苦农民。彭伯堂住的望花楼，也被烧掉了。

毛泽东同志在文家市里仁学校召开了前委会议，决定部队不去打长沙，转向农村进军，里仁学校操坪里有一个土台子，是过去农民协会开群众大会用的。这次在操坪举行会师大会，毛泽东同志就是站在土台子上向部队讲话，他号召我们坚持武装斗争，打了败仗不要紧，只要总结经验教训，革命一定能够胜利。我们的目的，不是在文家市驻军。部队在文家市可能只有三天两夜，第一天到达，第二天开会师大会，第三天下午我们又出发。当天目的地按规定是江西桐木。工农革命军告别文家市时，还看到大地主彭伯堂的望花楼在冒烟，这是大快人心的事。

工农革命军在毛泽东同志率领下，从文家市出发，到了江西境内的桐木，团部派了一些同志到附近做宣传工作，宣传秋收暴动的意义，在墙壁上贴了许多标语。次日向芦溪方向前进，当天傍晚到达了芦溪，打前站的同志已为我们安排好住房，把我们团部安排在去莲花方向的路边。芦溪镇是去莲花和萍乡的交通要道，芦溪河穿镇而过，十分险要。半夜，我向外张望，见一山上有一长溜火把，心想可能又是敌人，心里虽有个数，但因警惕性不高，没有汇报。次日早上部队出发，警卫团走前面，第三团走最后，师部在中间，就在我们团部将要进入部队行列之间时，敌人枪弹一下子射到我们身边了，是从我们驻地的对门方向打过来的，打得很凶。那边生病的欧阳辉已跳下马，我想一定是子弹打到了那里。在危急之际，幸好总指挥卢德铭同志带领警卫团的两个连上来，掩护我们冲过去了。不到一个钟头，战斗结束，发觉卢德铭同志在阻击敌人时牺牲了。对他的阵亡，大家很悲恸。部队急走至莲花境，才甩掉了敌人的追击，驻扎下来。这个地方不小，但并不是一个集镇，可能是一个乡村聚族而居的地方。

当时部队装备十分简单，既无雨衣，又无雨伞，行军要看天气。从铜鼓到文家市都是好天气，但从这时起到宁冈，下了两三天雨，把衣服打湿了。工农革命军打到莲花，占领了县城。后来部队到宁冈，毛泽东同志住在一家不大的商店里，里面陈列得不像样，好像好久没有营业了。我们住的地方是毛泽东同志住的对门不远的地方，是老百姓腾出来的半边房子，靠近牛栏的堂屋，把稻草铺上就住下。

部队去宁冈的途中，在三湾进行了改编，第一团、第三团合编为1个团，陈浩为团长。原第一团改编为第一营，原第三团改编为第三营，营长张子清。第一师师长仍然是余洒度。原第三团团长苏先骏、秘书欧阳辉、副官苏炳芬和我，都是编余人员，编成军官队，做群众工作，哪里要人，就临时调走。

秋收起义在湘潭

陈永清

1927 年，中国正处在北伐战争胜利时期。蒋介石在美、英、日帝国主义、江浙财团、大地主阶层的支持挑拨下，发动四一二反革命政变，破坏了国共合作的北伐战争，在上海屠杀了成百上千的共产党员和革命战士。从此，湖南各地爆发了工农武装斗争。

1927 年 9 月底 10 月初，我和涂正楚先后分别调离株洲。10 月初我调到湘潭县委，涂正楚调到长沙市委。我到湘潭县委后，向县委书记刘义、组织部部长罗学瓒汇报株洲秋收起义失败的原因和教训。县委决定派我去南二区，张仲廉去南三区，任务当然是准备组织再次暴动。

1927 年 10 月上旬，我带着湘潭县委的介绍暗号，找到离射埠三里左右的黄塘，见到一位个子不高、有点胖的同志，他是南二区委成员之一，对这里的情况比较熟悉，我便住在他家里。他向我介绍了射埠、盐埠和秋江坝易家冲三个支部的情况，他说这三个支部有 50 多个党员，马日事变后减少到 30 多个，原因是有的流亡到华阴一带，有的消极不干了，还有的被捕了。被捕的原因是原区团支部书记刘咏尧被捕叛变，带着"清乡"队抓人，杀了三个，关了两个，闹得人心惶惶。我和他商量首先要整顿支部，清理党员，要重建区委领导班子，要他先考虑再决定。我又问到土豪劣绅的动向，他说现在最坏的是团总、恶霸地主欧阳啸岩父子俩，"清乡"队是他们请来的，双方狼狈为奸，无恶不作。经过研究决定通知三个支部委派两名代表，选定一个夜晚召开联席会议。我们俩又一连三夜走访这三个支部。

10 月下旬，开了三个支部六个代表联席会，在会上着重研究了如何将刘咏尧引诱出来，要骗他到离欧阳家三四里地的山坳里去处决。谈到如何对付大恶霸欧阳啸岩父子的问题，大家认为要首先除掉两只恶狗，然后搭人梯跳进墙内，从左边进去打开厢房门进入卧室，逮捕父子俩就地处决，贴上除害的布告。执行这个任务有五个人就可以了；另外用五个人去打开正房门把妇女小孩关在一起，派人看守，同时打开柜箱；对欧阳家的长工则只集中到一间房子里，不许声张；五个人看守槽门；由安源来的两个矿工负责打开粮仓放谷，约好急于要粮过年的农民准备装谷的袋子，在 12 点钟进去装谷；杀了欧阳父子以后，尽快打开柜箱寻找银圆、珍贵财物、衣料布匹等。整个行动大约用一个半小时就要撤退。行动口号是"猛进""除害"，一定要达到除害安民，没收逆产，发粮济贫的目的。接着又讨论了除"三害"的先后次序，大家主张先斩叛徒，后杀恶霸分子，行动不能超过三个小时。先把刘咏尧诱到离欧阳家住地肖家山坡不到一里地的山坳里处决，立即让 50 多人的队伍赶到欧阳家，在处决刘时，派出两个人把放了毒药的食物丢进欧阳家院子里去毒死两只恶狗。这些都在晚 11 点钟到 12 点钟左右进行。

11 月 28 日晚 10 点钟，我通知有关同志按原计划准时行动。刘咏尧的表兄和那位射埠的党员"陪"刘咏尧走向肖家山坡左侧的山坳，他们边走边谈，一会儿三人已进入我们的埋伏圈。隐蔽在坳口树林中的四个人猛冲出来，喊"站住"，刘咏尧感到不妙，拔腿想跑，四个人像抓小鸡一样将刘架起来，往山坳里走。几十个人一拥而上，把刘团团围住。王山同志宣布：刘咏尧背叛革命，出卖同志，为"清乡"队效力，与人民为敌，害死革命干部及群众共 7 人，罪大恶极。工农革命军第一团宣布，将刘咏尧就地处决。此时刘已吓昏了，一声令下，几把大刀、梭镖砍在叛徒头上、身上。凡是背叛革命，伤害群众的，不论是谁，都只有这样的下场！处决叛徒刘咏尧的布告贴在木板上，木板插在地上。

这支旗开得胜的队伍，加快步伐走向肖家山坡欧阳啸岩的住处。当队伍到达欧阳家槽门外时，两只恶狗已被毒死，两个人梯送进去四个同志把槽门打开。按分工我带着四个同志打开横屋厢房的门，冲进欧阳啸岩的卧室。这时欧阳父子都已下了床，呆若木鸡地站着。我向他们宣布：你们父子勾结"清乡"队，屠杀革命人民，囤积谷米，利用年关高抬粮价剥削穷人，实属罪恶滔天。工农革命军第一团决定将你们就地处决，全部财产都没收。说完我把梭镖一挥，大刀、梭镖一齐砍了下去，这一对罪行累累的恶霸父子就倒在血泊之中。就在此时，打开两只大柜，从柜底搜出一个有十多斤重的小木箱，里面都是欧阳父子欺诈勒索剥削人民的血汗聚积的财宝。与此同时，王山同志在正房也进行了搜查，缴获了不少财物。易家冲的两位安源矿工把仓库的锁砸开，迅速取下十多块仓板，谷子从仓内倾泻而出，队员指挥农民张开麻袋、布袋、裤子尽快装谷。

我对各支部负责人指出，今晚"三害"已除，这是胜利。所有武器大家找个偏僻的地方坚壁起来，缴获的粮食也要坚壁起来，收缴的财产全部交公，清理后再适当分配。明天"清乡"队肯定要来，会有一番搜查，会抓人，大家要提高警惕。有的同志暂时潜伏隐蔽几天，队伍要休整，还要放哨，观察敌人的活动。

果然，"清乡"队 29 日上午就赶到射埠、盐埠，看到墙上贴着工农革命军除"三害"的布告，派人四处搜查"清剿"，但是我们早有准备，他们顾此失彼，忙于奔命，一无所获。乘此机会，南二区的党组织又有了新的部署和发展。

我在 1928 年 1 月离开黄塘调回县委，接受新的革命任务。

湘潭南区暴动[*]

张忠廉

    1927 年 8 月 18 日，毛泽东参加湖南省委召开的会议，会议制订了秋收起义计划，并确定发动以长沙为中心，包括湘潭、宁乡、醴陵、浏阳、平江、岳阳等县和安源的湘中起义。9 月初，省委相继派罗学瓒、肖晃、陈永清（原名成仲清）和我秘密来湘潭，恢复党的组织，发动和组织湘潭的农民武装，以配合湘赣边界的秋收起义而举行武装暴动。12 月，省委通知我们，由安源煤矿工会调来一批武器，运至株洲火车站附近，支援我县的武装暴动，命我们迅速派人运回。我们想了很多办法，由于敌人封锁太严，仅以藏于稻草内做掩护偷运回马枪 1 支、手枪 3 支。

    1928 年 1 月初，我来到易俗河，即与当地的地下党员何彬、何权（后叛变）、周湘润、杨宝生等人取得联系，成立

---

   * 本文原标题为《我亲身参加的湘潭南区暴动》，收录时做了适当修改。

了党的支部。并通过这些同志的工作，组织了一支以地下党员、共青团员为主和部分农协骨干分子参加的地下武装，准备年关暴动。在支委会上，我将省委会议精神和县委的要求传达后，研究决定以筹措武器为当前开展秋收起义的中心工作，并拟定了一个夺枪计划，准备袭击易俗河反动挨户团，夺取挨户团的30多条枪来武装自己。

行动前，我们首先派人摸清情况，然后通知打入挨户团的同志做好内应，行动人员携带梭镖、鸟铳、马刀等武器，兵分两路，从银塘、兔塘两个方向出发，包围挨户团驻地——杨泗庙。当月某晚12点多钟，我随同何彬带队的20多人，来到会合地点杉荫桥，等候周湘润他们。可到拂晓还未见到半点动静，我们只好撤回。第二天，我查明周队失约的原因后，仍决定按原计划行动。是日晚，队员按时到达目的地，我代表县委将夺枪的行动计划及纪律宣布后即准备出发，忽见派去侦察的同志匆匆赶来。原来潜伏在挨户团的内线因行动不慎，被敌人发觉拘留，挨户团为防偷袭，已移防银塘。

面对这个突变，我冷静地分析了情况，马上召开支委会，稳定队员情绪，并当机立断利用队伍集合的机会，决定严惩叛徒刘奎武。刘在马日事变后叛变革命，卖党求荣，致使一些党员被捕牺牲。逮住刘奎武后，我当众宣布了刘的叛党罪行，由行动队员用粪耙将刘砸死在杉荫桥边。这次行动，虽夺枪未成，但为革命除了一害，也为以后开展工作清除了隐患。

不久，组织又派何景贤来到茶园铺，协助我开展工作。我们首先着手恢复了原地下支部，有计划地发展了一批知识分子入党，扩大了党的活动范围。并以发动群众，建立地下武装，继续打击土豪劣绅，破坏敌人的交通为主要任务。

我们在人烟稀少，敌人防备较松的茶园铺、柱塘铺、长岭铺谭衡公路一线，破坏敌人的交通和通信设施。在 1 月一个寒冷的夜晚，雨雪交加，伸手不见五指，我带领着 30 多名队员摸索前进，来到茶园铺公路旁。到达集合地点后，我将队员分成两队，一队由陈福初负责，携带斧锯、绳索，专门破坏敌人的交通和通信设施；我率领 10 名队员做警戒，带着武器，埋伏在暗处，严密监视敌人的动静。队员到达指定地段，便投入了紧张的战斗。只见队员有的锯电杆，有的剪电线，手脚麻利，行动迅速。电杆两根中锯断一根，离地面两尺左右下锯。为了不惊动敌人，队员先用绳子将电杆拉住，锯断后轻轻放倒。当锯到最后一根电杆时，东方已出现鱼肚白，队员为了加快进度，没用绳子系住电杆，电杆倒地时发出了响声，惊动了驻扎在长岭铺的护路武装，他们胡乱打了几枪，沿公路搜索了一下，没见什么动静又龟缩回去了。我们的队员在警戒队的掩护下安全返家，无一伤亡。这晚成绩显著，共锯掉电杆 200 多根，剪断电线十多里；还沿公路张贴散发了大量的宣传标语和传单，大力宣传工农革命军进军井冈山的伟大胜利，给敌人以沉重打击。

根据斗争需要，在加紧武装斗争的同时，我们深入敌人内部，开展策反工作，争取挨户团中有正义感的人员武装起义。县挨户团副主任黄逸夫系茶园铺人，黄埔军校学生出身，平日为人正直，同情百姓疾苦，对国民党的黑暗统治不满。我们利用地下党员李镜清（后自首）的父亲李碧凡与他是黄埔同学的关系接近了他。黄深明大义，很快靠拢了党和人民，并迫切要求加入了中国共产党。我们动员他利用所掌握的县挨户团第一、第二、第三排的武装，物色培养骨干，伺机举事。黄因缺乏地下斗争经验，事机不密，被县挨户团主任何宝磺侦悉逮捕。敌人对黄逸夫严刑拷打，企图逼供出策动起义的领导人和地下党的下落，黄坚贞不屈，始终无一供词，敌人无计可施，将黄杀害于湘潭城内熙春门外卢家坟山。

由于敌人的残酷"清剿"，革命队伍内一些人变节自首，使我地下各级党组织大部分被敌人破坏，大批共产党员和革命群众惨遭杀害。为了打击敌人的嚣张气焰，为死难的同志们报仇，我们采取夜间的红色清乡来对付敌人的白色"清乡"，以红色暴动来反抗敌人的白色恐怖。

我们与陈永清领导的铁江坝区地下武装200多人，紧密配合，开展了镇压反革命活动。由陈永清带领地下武装，于1928年2月28日晚在盐埠凝泥塘和大坝冲肖家山坡，先后镇压了叛徒刘咏尧和欧阳啸岩（团总、大恶霸）父子。不久，我率 100 多名武工队队员枪杀了十一都大劣绅宋鹤皋父子。接着，我领着队伍在南二区又惩罚了当地恶霸李嵩山，李别号长胡子，住土桥铺烂泥冲，曾任过十都团总及"剿共"义勇队队长，并组织地方挨户团守望队，严密监视地下党活动，对我们开展工作极为不利。在隆冬一个深夜，朔风刺骨，大雪纷飞，我带领 100 多人的队伍，直奔烂泥冲李宅，将屋子团团围住。待内线同志打开槽门，我们迅速冲进室内，将李嵩山从热被窝中拖出来，李仅穿件单衫，冻得瑟瑟发抖。这时，队员用梭镖、马刀架在他的脖子上，问他是想死还是想活。李嵩山吓得双膝一跪，磕头如捣蒜，连连哀求饶他一命。我警告他说："要保住你的狗命可以，但必须接受我们的三个条件：第一，马上解散守望队的武装及人员，不许继续干危害人民的事；第二，国民党反动派有危及地下党的动静，无论事大事小都要先通报我们，若知情不报，地下党遭受了半点损失，你负完全责任；第三，迅速替我们筹措活动经费现洋 180 块，立即兑现。若违背其中一条，下场即同欧阳啸岩，绝不轻饶。"并命他立据为凭。李嵩山满口应允并立据，战战兢兢地割破手指按了血手模，180 块大洋当场兑付（新中国成立后，李嵩山被人民政府镇压）。

我们的活动扰得敌人惊恐万状，沿涓水、涟水、湘江一带的土豪劣绅惶惶不可终日，携家带眷，纷纷逃往外地，刹住了他们助纣为虐、为虎作伥的嚣张气焰，狠狠地打击了国民党反动派和当地的地主武装，有力地配合了井冈山反"围剿"的斗争。我们的人民也受到了考验和磨炼，南区党的组织也有了新的发展。

洞庭怒潮

朱绍清

　　1927 年 9 月间，湖南的华容，稻子已经收割。按照惯例，正是财主带着狗腿子，夹着算盘，提着钱袋收租逼债的时节，但是他们不见了，却只见农民成天开会。有时，成千上万的群众在大锣声中拥向广场，听农民协会的人讲革命道理；有时，在临时搭成的木台上又出现了红旗，出现了梭镖，出现了打土豪的场面——是农民自编自演的游艺会开始了，有小戏，有双簧，都出足了豪绅的洋相，也鼓舞了群众的斗争热情。

　　暴动像狂风骤雨似的展开了。童子军配合赤卫队，四处打土豪，捉劣绅。首先抓到了土豪廖世扬，他见了我们就吓黄了脸，立刻比我们矮了半截。不久，我们童子军在刘先生率领下，由我带路，又抓到了大烟鬼朱明修，他原是我们的族长，但我们只认他是劣绅。

　　暴动时，有一些豪绅携着枪械，带着一批地痞流氓逃上山去为匪，继续与农民对抗，斗争越发激烈了。赤卫队、童子军和农民在山上山下，大路小路，四处放哨，日夜巡逻，一发现匪踪，就敲起大锣，有的人还吹起又长又响亮的口哨，吓得那些深山老林中的锦鸡野兔乱飞乱窜。霎时间，漫山遍野都是拿着梭镖、大刀、鸟铳的农协会员，他们朝着锣声的方向，一路呼啸着杀奔上来，拉开大网，封锁小路，严密搜山，抵抗的当即被挑死、击毙，剩下的早已软成一团，只好束手就缚。

在一次搜山中，赤卫队遭到了白匪的顽强抵抗，有两个赤卫队队员，首先冲到敌人跟前，拿起带绳子的梭镖，向白匪投掷过去。但这时他们也先后被白匪的枪弹击中，一个当场牺牲了，另一个负了重伤，还挣扎着起来，又一次掷出了他的梭镖，刺死了一个匪徒后，自己也牺牲了。赤卫队在消灭了这一股匪徒后，把烈士抬到乡里，开了一个数千人的追悼大会。会上还展览了被俘虏的白匪兵和乌亮的长枪、盒子枪，有位同志在台上指着枪，流着泪说："乡亲们，这些枪都是烈士的鲜血换来的，不能让这些枪生锈，要用它们去打反革命，去缴获更多的枪！这世道，我们非有枪不可，没有枪就不能出头！乡亲们，参加到赤卫队里来，参加到我们的队伍里来！……"老乡们流着泪，都紧紧攥起了拳头。

会后，赤卫队排着队，扶着灵柩，肃穆地向墓地走去，成千上万的群众加入了送葬的行列。当天，农民协会又派了自己的代表，带着粮食、布匹，到烈士家里慰问。这种葬仪，对农民来说，还是自古以来第一次，男女老少都感到当个赤卫队队员是体面的事，赤卫队队员们更是斗志坚决、士气昂扬。

在大街小巷，几乎天天都出现抓到豪绅的大字捷报。国民党的区、乡政府垮了，农民协会掌握了一切。这越烧越旺的革命烈火，震惊了反动派，他们急忙调动正规军夏斗寅部来镇压。有一支白军首先开到了我们那个地区，反动统治的看家狗——团防局也趁机活动起来。

白军一开到文宣区，就大抓、大杀、大抢地"清乡"，逼着农民交出枪支，交出租谷和胜利果实，豪绅、地主对在白军刺刀下的农民扯起嗓子干号："你们抢去了我的金银财宝，都给我拿出来！""想要翻天，这天能翻得过来吗？"农民不愿交或交不出时，就遭到敌人的毒打或杀害。

有一天，县农协的一位负责人朱澄瀛正在他的岳母家里吃饭，区团防局的几十名团防狗子突然包围了这所房子，他来不及逃走，顺手抓起碗碟向冲进来的团防狗子砸去，终因寡不敌众，被敌人押到区团防局去了。在那里，区团防局局长方玉轩亲自开庭审他，要他跪铁链，他又抓起铁链，猛地向方玉轩砸去，方玉轩立即停审，并命令马上拖出去枪杀。临刑时，朱澄瀛还高呼"打倒土豪劣绅！中国共产党万岁！"等震惊敌人的口号。不久，县农会的王勉之、区农会的朱子舜也遭敌人逮捕，生死不明。那个时候，不知有多少人惨死在敌人的屠刀下，不知有多少人在敌人的屠刀下进行着斗争！

红旗暂时不见了，牌楼倒下了，天上乌云密布，地上血迹斑斑，街上和乡间到处有荷枪实弹的敌人武装。然而，在桃花山上、望夫山上、灵金璧玉山上，红旗依然迎风招展，武装的农民越聚越多，他们组织了秘密游击队，继续与敌人做殊死斗争。

冬去春来，很快到了1928年4月。这时，有个叫朱芳桂的人在大旺厂附近山上办了一个私塾，我刚进私塾没几天，朱先生就叫我们买来了许多红纸、绿纸和大毛笔，但我们并不知道买这些东西的用意。第二天，传来了一个振奋人心的消息：大旺厂满街都贴上了标语："活捉团防狗子方玉轩""活捉土豪劣绅黄继陶""土地归穷人""贫苦农民们，快快起来，打倒剥削我们的土豪劣绅！"……标语后面还署着"中国共产党"。我吃了一惊，但也舒了一口气，原来我们的朱先生就是共产党派来的呀！

这天放学后，我们按照朱先生的吩咐，一路喊着口号回家，有人拉着我问："你喊什么？"我指指墙上的标语："我照着那上面喊的！""不准乱喊！""不准？喊不喊由我，你能把我的嘴给封了？！"说完撒腿就跑，喊的声音更大了。

这年冬天，山上秘密活动的游击队，在队长朱祖光、朱海清率领下，不断地伏击敌人，化装智歼敌人。我家住在村头上，朱海清和其他队员经常在我家落脚，有时还在我家开会。每当他们一来，我就忙着到街上给他们打听情况。他们可以落脚的不止我一家，给他们打听情况的也远不止我一个人。因为得到群众的支持，这支队伍迅速壮大起来，越来越活跃了。白军兵力分散，顾此失彼，处处挨打，不得不夹起尾巴，龟缩到城里去了。

随着武装斗争的开展，区、乡的苏维埃政府成立了，大旺厂第一次出现了"中华苏维埃华容县文宣区政府"的大红布牌。就在这个时候，我担任了少先队的分队长，不久又参加了共产主义青年团。

1929年春天，华容县的游击队改编为"中国工农红军暴动队第八大队"，每一中队都有一面缀着镰刀与斧头的红旗。当时，我在第一中队当通信员。那时，最使我高兴的是，我不仅当上了红军，而且还有一支盒子枪。在当时来说，盒子枪算是最好的武器了。我们部队虽然有一些"广枪"，但大部还是把短枪改成像"广枪"似的鸟枪，有的还背的是梭镖呢！

9月间，贺龙同志率领的红四军主力部队来了，我们就配合打开了华容、石首等县城。打开华容后，部队就唱起了"民国十八年，打到华容县，……"以后每打开一个地方，部队就要编唱一支胜利的歌。

我们八大队与红军主力分手后，曾两次攻占了华容县城。不久，我们渡过了长江，进入了湘鄂西根据地的洪湖地区，编入贺龙、周逸群同志领导的红军。从那时起，我们这些华容暴动出来的战士，就远离了故乡，在洪湖根据地展开了新的斗争。

麻阳讨算军[*]

黄晦安

1927 年 8 月，那时麻阳正是在贵州军阀王家烈的统治下，县长也是王家烈的黔军里派出来的，名叫赵用章。我们决定先用骚扰威胁方法挤走黔军，夺取县城，再利用政权扩充武装力量。

我们利用地形，不断地骚扰敌人。有时在县城对面山上湘山寺、庙山寨插上红旗向城内上空放几枪，喊口号，有时又到县城背后山上放枪。有一次县警以剿匪为名，牵走了八里桥一个农民的耕牛，抄了农民的家。我们用农民协会的名义，派了一个小同志送一封信到县政府，信内向反动县长赵用章提出通牒，指责他的县警牵走农民耕牛，要求严办。信中并云："……如果不归还耕牛，请交 30 支步枪，否则我们将率 3000 铁血健儿，与你作殊死决战……"那次赵用章派

---

    * 本文原标题为《回忆麻阳讨算军》，收录时做了适当修改。

了一个职员到二区饶家庄向我们道歉，答应追查，并愿发还耕牛。我们经常虚张声势，威胁他们。黔军因为自己实力单薄，不敢下乡，又摸不清我们的底细，因而一夕数惊，结果不得已撤回贵州去了。

黔军撤走后，赵用章把县印交给郑赫，郑赫自称代理县长，出布告安民，我在城内立刻发信，通知各同志迅速入城……张祖恒进城以后，由郑赫手中取到了县印，便自称麻阳县县长。当时部分同志均想夺取一个县政府官职，我立刻到县政府邀请各同志到我家开会。我分析当时的客观情况，提出巩固自己武装，随时警惕，准备战斗，严密监督张祖恒，警告不要受士绅包围而妥协，同志们都表示了决心，忠于自己的工作。

没过几天，二区晃鳌乡大土豪恶霸聂汝谦亲自到凤凰勾结陈渠珍，陈渠珍派了旅长顾家齐率部进攻麻阳，在城边发生激烈战斗，顾家齐的一个副营长被我方击毙。后因不敌，我方同志被迫退出县城。刚过河不远，便遭到聂汝谦地主武装的埋伏，一个姓邓的队长和一些士兵牺牲。为了清除恶霸，我们派人动员了聂汝谦的团队排长陆显海（原是聂汝谦的长工）。陆显海原已痛恨聂汝谦父子，因而起事，把聂汝谦父子和大小数口全部枪杀，率领几十人枪和我们会合。陆显海和我们接近以后，当时同志们不知道以阶级友爱去教育他们、团结他们，而他们也自以为功劳大，又有好枪，便表现出土匪的性格，不服同志们劝告，因而彼此各存戒心。这时我方同志都分驻在高山寨、杨柳坡、响东坪一带。一天顾家齐派驻在曹家坪的营长刘耀卿部，派出一连人，准备到杨柳坡抄龙宏杰的家，说是"共匪"。我方同志接到通知，立刻分头埋伏，一部分在杨柳坡伏击，一部分绕到双合口截断他们的归路。刘耀卿部刚到杨柳坡半山腰，便被我伏击队击退。敌人狼狈逃窜，刚退至双合口，便被我伏击队一排枪打死了3个，其中一个是文书，敌军拼命逃跑，我们一直追赶到曹家坪，敌人得到那一次教训，再也不敢随便出来活动。

可是我们内部矛盾却慢慢增加。根据地委指示，土匪部队可争取群众，匪首如不服从，可相机除掉。我们同志看到陆显海骄傲自大，不服从指挥，便想除掉陆显海，争取其群众。可是当时武装的同志斗争经验不够，个别同志过分直爽，消息无意中泄露了，彼此猜疑。陆显海反而抢先下手，当场把我们的同志赵圣宣击毙，赵圣林肩上也中了一枪，负了重伤，张祖恒急忙出面拦阻，才救了赵圣林同志的性命。事后张祖恒看到内部分化，十分哀伤。陆显海知道张祖恒是靠近我们的，怕他报仇，因而一不做二不休竟掉转枪口，把张祖恒和他身边的一些士兵都打死了，夺去了一些枪支。同志们抢救了赵圣林，安置好，便由田开藩、田世忠等同志率领残余枪兵潜藏到任怀乡，以待东山再起。后来陆显海被芷江陈渥诱到芷江杀死。

自武装活动受到挫折以后，大家处境非常困难，顾家齐的军队经常出击"搜剿"，那时仅有团的同志继续活动，我们在城内私办了一个女子职业学校，作为活动的秘密机关，暗地里发展组织，吸收了十余个青年加入共青团。我把麻阳一切情况向地委报告（那时都是用药水通信法），请求地委指示今后活动的方法，不久地委由常德派刘巨川和刘百川兄弟俩回县，上海方面又有滕英斋同志回县参加工作……还有四区的滕久平同志也到西晃山参加斗争，我们在西晃山到县城之间，组织了联络网，在泥溪垄、旋风寨、曹家坪、杨柳坡、高山寨等地，都有专人负责做通信工作，并派我打入反动政府内部，参加"清乡"委员会，随时把情报交给泥溪垄周木匠、周文榜两人，转到杨柳坡或曹家坪。我常上西晃山汇报情况，参加会议，又连夜赶回县城。

我与滕英斋回到旋风寨开了一次扩大会，决定是否上山的问题。当时同志间产生两种不同的意见，我与滕英斋主张先发展地下组织，做好地下工作，多争取群众，做好政治工作；刘百川等人主张立刻上山，强调利用麻阳人民仇恨筸军的心理，主张树立起鲜明的讨筸军的旗帜，联络土匪，成立讨筸军总司令部，正式向敌人展开斗争，先赶走顾家齐，虽然当时我们的力量太薄弱了，但多数通过了，我们也放弃了自己的主张。

我回到城里在报纸上看到一则非常不幸的消息，在长沙《大公报》第一版新闻栏内用大字标题，登了陈佑魁同志英勇就义的消息。在曹家坪的一个茶山里，我把消息告诉各同志。大家均以沉痛的心情默默致哀，很多同志流下了泪，于是一致决定立刻上山，准备以血还血，积极开展武装斗争，一面派人与土匪姚凤廷和李甫臣等人联络，一面在高山寨竖起两面大红旗，成立讨算军总司令部，推举刘百川为总司令，木刻一颗大印，编出歌曲歌谣，张贴标语、布告，正式号召麻阳人民，团结起来，消灭压迫人民的算军，凡是顾家齐派下乡来收款的士兵，便抓住拷打，教育后释放，因而顾家齐恨我们入骨，但也不敢乱动，因为谣言很大，说我们有800多条枪，又有大炮，因而顾家齐也不敢派人"搜剿"。

由孙家信、刘百川在杨柳坡召集的一次会议，李甫臣等人出席参加了，姚凤廷派了几个代表（姚凤廷住在二区），杀了龙汉魁家的一只猪，龙汉魁怕因我们活动受牵连，自己逃到芷江安身，离开了我们。那次会议决定分两路围攻县城，由江口先解决算军黄团长部，姚凤廷部先在尧市动手解决算军赵副营长。我把一大卷标语、布告秘密地带进县城，分发给各同志，准备在城外枪响时分沿途张贴，并决定在北门一个果园的空茅屋里放火扰乱敌人，城内各处放纸炮。一切都准备好了，可惜当时我们自己武装力量太小，不能控制土匪部队，临出发时，李甫臣提出要发草鞋钱，不愿配合作战，结果向大桥江进攻的只有我们少数同志和大桥江乡公所的一个龙班长带了九支枪来参加战斗，无法消灭敌人，不得已撤返高山寨。尧市方面当晚也没有行动，过了几天才在尧市动手，结果也没有什么收获，那次计划毫无结果，全盘失败，反而大桥江的龙班长被乡长捆送进城，不两天便被顾家齐枪杀了，筸军打出布告，"通缉"、捉拿我方同志。大家这时深深感到工作不易，我们的处境也更加困难。恰在这时，常德地委负责同志全部被捕，机关被破坏，李福等同志20多人全部被杀害，壮烈牺牲，刘百川的爱人刘大嫂也在被杀之列，我们派往芷江活动的两位同志刘巨川（刘百川的兄弟）、田其斌与郭大显同时被陈汉章匪军杀害，常德方面只有张志诚夫妻逃回麻阳，张志诚后来也到溶江，与张元勋同时牺牲。

自从地委被破坏以后，我们对外一切，尤其和党的联系完全断绝了。这使我们深刻地认识到，土匪武装靠不住，自己力量又太小，必须克服重重困难，不断发展壮大我们自己的力量。

湘南起义*

朱　德

南昌起义前，驻在湘南的范石生第十六军同我党保持着统一战线关系，该军内仍然有我们党的组织，范石生也有同我们联合一起进入广东之意。南昌起义后，部队南下时，周恩来同志就给我们写了组织介绍信，以备可能同范石生部发生联系时用。范石生同我也有旧关系，我们在云南陆军讲武堂时是同学，并且一起参加过辛亥革命。当我们进至上堡后，范石生就主动派在他部队中工作的共产党员韦伯萃来同我们联系，希望同我们合作。我们经过党组织的讨论和批准，同意同他合作，就签订了协议。然后，我们的队伍就开到湘南的汝城，同范石生部实行合作，我们用了他一个团的番号伪装起来。

我们同范石生部合作是有条件的。谈判时就先讲好了：

＊ 本文原标题为《回忆湘南起义》，收录时做了适当修改。

我们是共产党的队伍，党什么时候调我们走，我们就什么时候走；他给我们的物资补充，完全由我们自己支配；我们的内部组织和训练工作等事务，完全按照我们的决定办，他不得进行干涉。事实上也是这样执行的。例如，我们进到广东仁化时，还是照旧打土豪，杀了几个地主恶霸。又如，为准备湘南暴动，我们就在汝城召开了衡阳所属各县县委书记会议进行讨论和布置。再如，黄绍竑要进攻范部时，范要我们担任后卫，我们因而得到了范部遗留下来的大批物资，补充了自己。所有这些，都说明我们的行动是自主的，不受限制的。

当时同范石生合作，对我们来说是有好处的。第一，可以暂时隐蔽目标（我当时化名王楷），求得休整的机会，待机行动。第二，可以得到物资补充。合作时，他给我们发了两个月的军饷，补充了被服弹药等。我们临走时，他又给了我们几万元现洋作为路费。1927 年 12 月，我们接受了党的指示，去支援广州起义，行至途中，听说起义已经失败，我们就在韶关停下来。不久，我们脱离范部转入湘南，组织湘南暴动。我们临走时，范石生还给我们写了一封信，表示他的诚意。我记得大意："孰能一之？不嗜杀人者能一之"；为了避免部队遭受损失，你们还是要走大路，不要走小路；最后胜利是你们的，现在我是爱莫能助。

我们脱离范部，从韶关北上，计划去湘南找一块根据地。这时，龚楚已来到我们部队，便由他引路带我们到了宜章县的杨家寨子。宜章县农会主席杨子达，当时就住在杨家寨子，他对我们进驻这个寨子也起了重要作用。

我们进到杨家寨子后，就决定首先组织宜章暴动。宜章人胡少海，原在程潜部任过营长，当地劣绅都知道他。1928年1月中旬的一天，我们就通知胡少海，把队伍伪装成国民革命军，开进宜章城。果然，劣绅听到胡少海带队伍回来了，都出城来迎接，把我们的队伍接进城去，并请我们吃饭。正在吃饭的时候，我们就把劣绅和官吏全部抓了起来，举行了宜章暴动。暴动之后，我们很快地成立了宜章县苏维埃政府，成立了工农革命军第一师，打响了湘南暴动的第一枪。

宜章暴动后，马日事变的刽子手许克祥率部由坪石来进攻我们，我们的同志和广大群众对许克祥是恨之入骨的，听说打许克祥，士气空前高昂，个个争先恐后。许克祥把他的6个团摆成一条长蛇阵，这就便于我们各个击破。所以，战斗一打响，我们很快就把他先头的1个团打垮，紧跟着追击下去，一路走，一路打，把他的6个团一个一个地都打烂了。我们追到坪石时，敌人已溃不成军，乱作一团。坪石是一条峡谷，且无交叉道路，敌人只能沿这条峡谷逃窜，我们就一直追下去，追到乐昌河边，再不能追了才停止下来。这一仗打得很好，我们抓了很多俘虏。其中有一部分补充了我们的部队。特别是在坪石，把许克祥的后方仓库全部缴获了，补充和武装了自己，不仅得到了机关枪，而且得到了迫击炮和木炮。可以说，许克祥帮助我们起了家。

奸灭许克祥部的胜利消息迅速传遍湘南，湘南各县的地方党组织就来和我们联系，要求建立地方武装。我们支持他们，首先是帮助宜章县组织1个地方团；我们攻下郴州后，又帮助郴州组织了1个团。之后，我们相继攻下耒阳、资兴、永兴、桂东、汝城等县城，茶陵、安仁、酃县也举行了暴动。共有11个县的群众行动起来，并且组织了自己的地方武装，在地方党的领导下，打倒土豪劣绅，推翻反动政权，建立苏维埃政府。这就是1928年初的湘南暴动（当时称年关暴动）。

湘南暴动之时，正好军阀白崇禧和唐生智之间发生战争，形势对我们是很有利的。如果政策路线对头，是有可能继续扩大胜利，有条件在某些地方稳得住脚的。但是由于当时"左"倾盲动路线的错误，脱离了群众，孤立了自己，使革命力量在暴动之后不久不得不退出了湘南。

1928年4月28日，我们南昌起义留下来的这部分队伍和湘南地方武装，在宁冈县的砻市同毛泽东同志直接领导的工农革命军胜利会师了，于5月4日在砻市召开了庆祝会师大会，宣布成立了工农革命军第四军（后来改称红四军）。从此在毛泽东同志的直接领导下，我们这支红军主力就日益发展、壮大和坚强起来了，在巩固和发展井冈山革命根据地的斗争中，取得了许多重大的胜利。

湘南暴动[*]

黄克诚

  1927 年，八一南昌起义、湖南秋收起义之后，中央政治局召开了 11 月扩大会议，号召全党举行武装暴动、建立政权、建立武装，进行土地革命。朱德同志和陈毅同志率领南昌起义后转战湘粤赣边区的一支队伍到达广东、湖南交界的地方，在广东乐昌县的坪石镇和湘粤边界的宜章县城打起了红旗，举行了宜章暴动，占领了坪石镇。这就点燃了湘南暴动的熊熊之火。

  宜章县委书记是胡士俭同志，出面领导暴动的是胡少海同志。他们在朱、陈的武装支援下举行暴动，夺取了政权，建立了宜章县苏维埃政府，发展了一支 200 多人的武装部队，当时称为工农革命军第三师，胡少海为师长，打响了湘南暴动的第一炮。

---

[*] 本文原标题为《回忆湘南暴动》，收录时做了适当修改。

永兴县早在大革命时期就有党的支部。1926 年夏天，湖南省委派黄庭芳为永兴县的特派员，在家乡搞农民运动，他在永兴发展了党组织，建立了永兴第一个党支部。永兴县的农民运动是在他领导下开展的，许多区、乡都建立了农民协会，并建立了自己的武装——农民自卫军。

我回永兴后，在瞿秋白同志领导下做出的决议，分析了形势，提出了任务，号召全党：组织群众武装暴动，夺取政权，实行土地革命，建立工农革命军。事实证明，这个号召是正确的，有非常大的指明道路、鼓舞人心的力量。但同时，这个决议又提出了"左"倾盲动的政策，如极端严厉、毫不顾惜地杀尽豪绅反革命派，摧毁一切旧的社会关系，对资产阶级上层的店东、商人实行革命群众独裁，不许阻止群众激烈的革命行动等，当时的行动口号就有"杀！杀！杀尽豪绅反革命，烧！烧！烧尽他们的巢穴！"这样的语句。

准备工作进行一个多月。在 1928 年 1 月里，我家乡有人到坪石去挑盐，回来告诉我：坪石来了红军，为首的姓朱，打败了白军。我听了非常高兴。虽然那时并不知道朱德同志的名字，但听到党领导的红军占领了坪石，就认为我们起义的时机到了。于是我立即找黄平、刘申、尹子韶商量。因为尹子韶原来就是永兴农民自卫军队队长，有号召力，是所谓"暴徒"头子，和许多"暴徒"有联系，所以决定仍由他出面领导武装暴动。这时朱德、陈毅同志率领工农革命军已从坪石、宜章向北，配合郴县暴动，打开了郴县县城，打垮了国民党驻在城里的 1 个团，并把这一带的民团都打垮了。有些被打垮的民团带几十条枪跑到板梁，这对我们真是再好不过的机会。于是以尹子韶为首，带领我们组织的 100 多人，就在板梁举行暴动，包围了反动民团，缴了他们的几十条枪，武装自己。这一胜利影响很大，附近村子纷纷响应。我们就在油麻坪一带插起红旗，号召打土豪、分田地，进行土地革命。暴动农民头戴红巾，臂戴红箍，腰围红带，腿缠红裹腿，打着红旗，十分红火。革命形势轰轰烈烈，队伍发展到成百上千人。

继永兴之后，资兴县的同志也举行了暴动。大约在 2 月中旬或下旬，永兴县委决定派尹子韶同志带领警卫团主力去帮助资兴暴动。不久就配合资兴的同志打开了县城，建立了资兴县苏维埃政权并组织了武装队伍。

1928 年的第一季度，湘南暴动是一片蓬勃兴旺景象。但以陈佑魁同志为首的湘南特委坚决执行盲动主义路线，"左"得很。特委下令各县委镇压反革命，烧房子，不但要烧衙门、机关、土豪劣绅的房子，而且要求把县城的整条街道和所有商店都烧掉，并且要求把从耒阳到坪石的公路两旁 15 里以内的房屋全部烧掉。认为这样敌军到来的时候没有房子住，可以阻止敌军进攻。

这时，反动地主正在聚集力量，准备反攻。特委指挥各县执行这种过"左"的政策，引起群众不满，反动地主就趁机煽动农民反对我们。我的哥哥是个同情革命的老实农民，他就曾对我说过，你们为什么要到处烧房子呢？这样搞法老百姓就不得安生了。贪官污吏、土豪劣绅的房子也可以分给穷人住，烧房子可不得人心。当永兴县委商量烧城的时候，我曾表示反对，被县委书记批为右倾，并指定要我带头烧。我还是不同意，后来采取调和、折中的办法，烧了城里的衙门、机关、祠堂、庙宇和个别商店，没有整条街地烧。据我所知，郴县、耒阳都按特委指示烧了县城，耒阳烧得最厉害，宜章没有大烧，资兴也没有全烧。

这种烧房子的做法使农民大为不满，有些起义农民在反动地主的策动下，开始"反水"。特别是烧公路两侧15里以内的房子，更是直接损害农民利益，遭到农民的极力反对。郴县县委动员农民烧房子，农民不干，反动地主趁机煽动，一些起义农民就撕下红袖章，换上白袖章"反水"了。郴县"反水"农民跟着地主武装杀害了县委书记夏明震同志，还杀了县里其他一些负责人。永兴县的油榨坪、马田坪都有农民打起白旗"反水"，县委只好派尹子韶同志带领县警卫团主力出去镇压。不久，邻近永兴的桂阳县苏维埃区里的农民也"反水"了，他们求助于永兴，尹子韶就又带队伍去支援桂阳。朱德同志曾留了一个主力排在永兴，这时也和尹子韶一起行动。我因为工作需要，留在县委，没和尹子韶一起带队外出。县里只留下不足三分之一的较弱的兵力，20余支枪，由我带领留守县城。

大约在1928年的4月上旬或中旬，敌军大举进攻。国民党部队以数倍于我的正规军从衡阳向耒阳、永兴、郴县、宜章一路打过来。

湘南特委在暴动后已从衡阳迁到耒阳，陈佑魁同志被调回省委，由杨福涛同志代替他担任特委书记。杨福涛同志是长沙泥木工人罢工的一位领导人，是湖南省委的候补委员。当耒阳县城烧毁以后，朱德同志率部队移驻耒阳乡间，湘南特委就经过永兴移到郴县。我曾在特委经过永兴时见过杨福涛同志一面。敌军进攻时，朱德同志率部退往井冈山，路经安仁县，唐天际同志就在那时随主力上了井冈山。陈毅同志率郴县部队和特委机关一起撤到资兴。从资兴再向井冈山撤退时，杨福涛同志不肯上山，说特委守土有责，决定从资兴再回衡阳。我们的同志真忠勇，但也确实没有对敌斗争的经验，特委机关几十个男女同志就这么离开部队，挑着油印机，由资兴向衡阳前进，在半路上就被反动民团包围杀害，杨福涛同志和特委机关其他许多同志就这样牺牲了。

耒阳县首当其冲，可能损失较大。我虽不了解耒阳的具体情况，但耒阳县原有2000多人的武装，上井冈山时，队伍只有700多人，估计是这个原因。敌军过了耒阳就到永兴，我们撤退时十分仓促，县委书记李一鼎下令让我带留城部队掩护县委撤退时，敌军已兵临城下。事先没有做准备，县里下乡的干部和负责区、乡工作的干部都没有集中到县里来一起撤退，后来绝大多数都被敌军或反动民团抓住而牺牲了。可更痛心的是尹子韶带领的县警卫团主力1000多人、

100多条枪还在桂阳，后来全被敌人打得死的死、散的散，一人一枪都没能撤退出来。连朱德同志留在永兴的1个主力排也和他们一起损失掉了。

我们仅仅做到集中了留在县城的全体干部和武装力量，还带了少量家属，一共800多人，从永兴的南门撤到资兴的三都，再撤到资兴的彭公庙，经过中村、水口到达了郴县。在郴县住了三四天，县委决定把全部人员合编为红军独立团，由我担任团长，李一鼎担任党代表。县委委员刘申、李卜成、黄平等人都在军中做政治工作，担任组织委员、宣传委员和团书记等职务。由于只有800多人，团下只设2个营。

队伍改编后就向井冈山进发，经河渡到达井冈山下的大陇。这里已经属于江西宁冈县的地界。那时朱德同志的主力部队已经和毛泽东同志的主力部队在井冈山下宁冈的砻市会师，耒阳、资兴、郴县、宜章的队伍也都到达了井冈山。湘南五县撤到井冈山的农民起义队伍一共约有8000人。

毛泽东、朱德同志把各方面的队伍集合起来，改编组成红四军，建立了3个师、8个团的队伍。朱德任军长，毛泽东任党代表。3个师的番号是十师、十一师、十二师，朱德兼第十师师长，党代表何长工；十一师师长由毛泽东兼任；十二师师长是陈毅同志，党代表是邓宗海。

后来，领导又决定把耒阳、永兴、郴县、资兴四个县的农民武装编成四路游击队，仍然派回本县去打游击。并决定让我担任第二路游击队司令员，以原来的营长刘承羔和曹福昌为副司令员。于是我们就又改成游击队，并于第二天出发动身返回湘南。

湘南暴动拉到井冈山的农民军总计约 8000 人，除保留少量干部外，本身没有形成一支革命的队伍。这和暴动时期执行"左"的路线有关，和几县农民军缺乏一个总的领导人有关，也和我们这些县里的干部缺乏经验、能力有关。当队伍拉到山上后，领导很快决定派回本县打游击，固然是粮食装备缺少、环境困难所迫，但这个决定还是过于仓促了一些，缺乏应有的准备和进一步的指导。四个县回去的五六千人，除少量干部外，可以说是全部垮掉和大量牺牲了。

总的来说，整个党在那时都没有经验。湘南暴动每一步都有严酷的教训，这些教训都是许多同志用鲜血、用生命换来的。我们的党、我们的先烈付出了多大的代价啊。

骑田岭上瞻中原

萧 克

1926 年春，我去广东参加国民革命军。第二年春天，转到我党领导下的叶挺部二十四师，任连政治指导员。

在大革命时期，湘南十几个县，农民运动热火朝天，群众基础很好。这时，各地党组织已遭破坏，农民协会均被解散。广大农民群众把对国民党反动派的无比仇恨隐藏在心头，他们渴望着革命的烈火重新燃烧起来。

我回到了湘南，急切地四处走访，寻找党的组织，加入了临武县地下党支部。不久，我赶回嘉禾老家，同南昌、广州起义失败后回家和从长沙衡阳读书回乡的八名党员，互相串联，建立了嘉禾南区党支部，并推举大革命时期曾在嘉禾办过农民协会又参加过南昌起义的老党员黄益善同志（后参加湘南起义，曾任红四军连、支队党代表，四军军委秘书长，长征前牺牲）为支部书记，还通过临武支部告诉了崎石支部。于是，我们三个支部基本上串联起来了。

不久，听到朱德同志带领部队在宜章起义的消息，我们欣喜若狂。我得到支部同意，约了另外两位同志一同去崎石，参加宜章的年关暴动。走了两天半，翻山越岭，终于到了崎石。崎石已在头一天宣布暴动，挂起红旗了。承启学校已经放假，我们就直接到村子里找"周攸华"。问了好几个人，都说不知道，正好对面来了个30多岁、气质不凡的男子，他询问我们："你们找谁?"我说："找周攸华。"他惊疑地说："我们村子里没有什么周攸华。"我肯定地说有。他又问了其他的人，都说不知道谁是"周攸华"。他颇严厉地对我们说："走! 跟我走!"于是把我们带到一个有武装警卫的大房子里去了。里面有一个好像是负责的人接连不断地问我一些问题："你认识'周攸华'吗?""在哪里认识的?""找他干什么?"我把自己的姓名告诉他，并说周是我在衡阳的同学。他听了我的介绍和回答的语气，随即大笑起来，说："算了，不用问了!"原来他就是彭晒同志〔彭在湘南起义后参加红军，于1928年7月红四军二十九团（宜章农民军）由井冈山回湘南溃散后牺牲〕，他早已知道我的政治态度。一会儿，彭睽进来了，我们虽然认识不久，也算老朋友了。于是一切释然。

　　领我来的那位是周延彦同志，他也是参加湘南起义之后上井冈山的，后来在赣南牺牲了。我们说明是来参加起义的，这样就和崎石支部接上了关系。第二天早上，我们见到彭儒、吴统莲（后改名吴仲廉）等同志。晚上，开支部会，支部书记彭晒给大家介绍了一下，组织委员吴统莲把我们三人的组织关系正式接收下来。从此，我们便参加了宜章黄沙区崎石的年关暴动。根据支部决定，我担任了新成立的农民革命武装独立营（后为第二团第三营）副营长（营长为彭晒同志）。因为队伍不多，只编1个连，我又是连长，彭睽是党代表。他们知道我在叶挺部队工作过，所以叫我主要负责军事工作。彭晒同志是全面领导。彭睽同志为支部宣传委员兼任连党代表，他又是村农民协会委员长，主要管地方工作。彭晒、吴统莲同志经常到队伍中来讲政治课，教革命歌曲，支部在暴动中充分发挥了领导骨干作用。

我们把队伍整顿一下，就四处游击。附近大黄家有个恶霸地主，有武装，群众都恨他。我们乘夜包围，打死了大恶霸，使广大农民群众振奋起来。我们还协助各区、乡建立苏维埃政府，组织农民协会，宣传分田地，废除一切苛捐杂税，把地主的田契、账册集中起来，当众烧毁，把打土豪所得的浮财分给穷苦的农民。只十天半月，整个黄沙区以及靠近广东边界莽山附近的农民都发动起来了，起义的烈火越烧越旺。

我们在宜章西南山区坚持了两个多月的革命斗争。此时，朱德、陈毅的部队正在郴州、耒阳一带，对湘粤两省国民党反动派威胁很大。国民党派湖南、广东两省军阀白崇禧、许克祥、范石生南北夹击，占领了宜章到衡阳的大道。工农革命军主力和宜章县委向东转移，我营因处于较偏僻的宜章西南山区，与上级领导失去了联系，就靠近白沙区梅田镇，和白沙区的领导人王政（区委书记，宜章人）、欧阳祖光（区苏维埃主席）领导的农民起义队伍会合。为统一指挥，合组为宜章独立营，男女老少五六百人，枪七八十支，梭镖300多支。敌军占领宜章城后，反动民团占领了黄沙，逼近梅田。当时我们虽然力量薄弱，但士气旺盛，乘雨夜袭击了离梅田十二三里地之敌，给了敌人一个出其不意的打击。敌人增兵进攻，我们退到麻田村。麻田村是骑田岭南边的一个大村庄，松杉参天，地势较好。但敌人又从临武、梅田几面进逼，我们决定从麻田北面上山，登上了黄岑岭。黄岑岭是骑田岭的主峰之一，背靠岭海，瞩目中原。当我们登上山峰时，队列里红旗迎风招展，梭镖倒插云天，战士们唱着嘹亮的《国际歌》：

起来！饥寒交迫的奴隶……
英特纳雄耐尔，就一定要实现……

当时，我曾写诗赞道：

农奴聚义起宜章，晃晃梭镖刺大天。
莫谓湘南侧岭海，骑田岭上瞻中原。

队伍在骑田岭地区活动已经一个多星期了，我们和上级

188

领导失去了联系，又离开家乡，就像没娘的孩子一样，不知怎么办才好。我们几个领导人多方计议，认为现时毛泽东同志带领的秋收起义部队正在宁冈、酃县（当时还不知道井冈山这个地名）一带活动，也估计到朱德、陈毅同志的部队和宜章县委及胡少海同志率领的宜章农民武装一定东去了，于是决定向东。4月中旬的一天，在龚楷（朱德同志派到宜章西南地区做改造散兵游勇工作的同志）、欧阳祖光和我的带领下（王政率少数武装及老小转回梅田地区坚持斗争，故未东行。彭晒不久前调县机关工作，也未随军），从骑田岭向东进发，经廖家湾、黄家湾下山，深夜从黄岑岭附近越过宜章至郴州大道，继续前进，登五盖山，向东下去，到达郴县三区，会合了这里的农民梭镖队，一同向东。走了一天多，郴县三区的农民军，有不少的老幼妇女，不利于行军作战，区委就带他们回去了。宜章独立营仍向东前进。

在4月20日左右，我们在资兴县东南三四十里的龙溪洞地区，遇着毛泽东同志率领的工农革命军（毛部是应湘南特委的要求去湘南活动，打了汝城地区之敌，回师井冈山），久离上级的梭镖营，真像孤雁得群，大家都感到无比的高兴。这是第一个与毛泽东同志部队会师的湘南暴动的农民军。我们首先见到的是一连连长陈毅安同志（1930年陈在红三军当师长，第一次打长沙时牺牲）。陈毅安领我们十几个人去见毛泽东同志。走了几里，遇见师部派来的通信员，他把我们领到前面村落中有几间铺子的小街上。通信员大声招呼："宜章独立营来了！"铺子两边许多人跑出来欢迎。我们问："毛师长在哪里？"一个同志对我说："这就是。"群众中一位身材较高大、满脸笑容的红军领导人过来和我们握手，他就是我们久已闻名的毛泽东。同他一起的还有师党代表何挺颖同志。毛师长亲切、详细地询问了我们的情况，并告诉我们：朱德同志的队伍大概向东去了。还把今后的行动方向告诉了我们，要我们一起行动。

宜章独立营在毛泽东同志的领导下，进到酃县、宁冈地区，找到了宜章县委和宜章农民军领导人胡少海等同志，并编入由宜章农民军组成的红四军第二十九团。

从此，我们参加了毛泽东、朱德同志领导的伟大的井冈山革命斗争。

湘南起义在耒阳

伍云甫

1927 年 8 月，我秘密回到了耒阳乡下老家，不到一个月的时间，全县主要区乡都已恢复了党的组织，重建了县委，决定组织武装，成立游击队、游击小组，到农历年底，游击队可以在乡村中公开活动，袭击小的挨户团，革命的形势又由低潮转入了高潮。

就在我们紧张地进行游击斗争的同时，党的地下交通从宜章、郴州县委传来了消息：朱德、陈毅等同志率领的工农革命军第一师在坪石、乐昌一带打垮了许克祥的反动军队，已经进入湘南，占领了宜章、郴州、永兴等地，在当地群众配合下掀起了轰轰烈烈的农民暴动。

2 月中旬的一天，是个春雨初晴的大好天气。耒阳城家家户户挂了红旗，街里街外由游击队放了步哨，欢迎的群众有组织地排列在西马路至灶头街八里路的道路两旁，有的手持小旗，有的拿着鞭炮，一片欢腾。中午，红军队伍到来了，队伍排成两路纵队，在口号声、鞭炮声中，进了耒阳城。当时，朱德同志、陈毅同志等工农革命军的负责人都住在西正街邓家祠堂内，我们县委的同志便去会见了朱德同志，向他汇报了耒阳斗争情况，我这是第一次见到朱德同志，他那坚定、朴实、平易近人的风度和对革命事业无限忠诚的精神，给我们留下了难忘的印象。

从此，耒阳的革命斗争就在朱德同志指导下，在工农革命军第一师的支持下，进入了湘南起义的阶段。

革命斗争公开进行以后，便热烈地发展起来，两三天的时间内，县苏维埃建立起来了，推举刘泰同志担任县苏维埃主席，各区乡苏维埃也相继建立。

当时，县委采取了加强各区领导的措施，县委的同志们分头到各区去，党派徐仲庸同志（县委宣传部部长）和我到第一区去，徐仲庸同志任县委驻第一区特派员，我任区委书记兼组织部部长，我们在很短的时间内恢复了农民协会的组织，大量经受失败考验的优秀分子入了党。把区乡苏维埃政府组织起来，在工农革命军的指导、协助下，把原来零星的游击小组和小队集中起来，组织了当地的革命武装——农民自卫军和独立团，在一区建立了七八百人的独立团，团长是梁育冬同志，副团长是李育成同志。

一区是城厢区，人口最多，过去工会工作有很好的基础，现在我重新组织起来，帮留工会（店员工会）和缝纫工会的会员大多参加了独立团，厨业工会和糕饼业工会的会员则携带家具分派到独立团的各单位成了十分称职的炊事员，特别是铁业工会，它实际上起了兵工厂的作用。当时，我们的武装力量虽然组织起来了，但武器却十分缺乏，甚至连梭镖、大刀也装备不齐，铁业工会的会员按手工艺种类分成了许多生产单位打造武器，东门附近的几家铁匠铺里，日夜炉火通红，铁锤叮当。手艺差些的，就打梭镖，打大刀；手艺好的，就盘"鸟铳"（打土枪）。当人民为自己的军队打造武器的时候，智慧便得到了充分的发挥，会员按造鸟铳的道理，制造出一种"土驳壳"，只有一尺多长的枪管，可以插入枪匣里携带，它的子弹就是用火药和铁沙混成的大拇指粗细的火药筒，这东西装火药快，不怕下雨，携带方便，杀伤力大，很受部队的欢迎。

此外，还用硫黄和白药（氯酸钾）混合石块、铁片，造出了各种手榴弹；又用老松树挖空，造成了松树炮。这些土造武器装备了农民自卫军和独立团，发挥了很大作用。一时，在白军中流传着这样的传说，说这种"土驳壳"是朱德同志从广东带来的洋枪，又说："工农革命军在耒阳开了兵工厂造出大炮来了。"

当工农革命军第一师渡过耒阳河向井冈山移动之际，敌十九军胡宗铎部趁虚占领了耒阳县城。当时，毛泽东同志带领的一个连，由井冈山下来与朱德同志进行联系，路过耒阳，我们曾要求他们协助我们攻耒阳城，但他们进行联系的任务紧急，虽然打了一下，但没有取得胜利。

县城里驻了敌军，对于四乡总是一个威胁，农民自卫军和独立团又无力攻城，县委当即请求主力部队同农民军组织一次攻城战斗，工农革命军第一师乃决定由林彪率领第二连（200多人，武装齐全）担任突击队的任务，部署了这次战斗。

这是一场声势浩大的战斗，林彪率领第二连，由城西北方向的马埠岭向耒阳城发起攻击，全县3000多农民武装自东南西三面包围敌人，农民军战士按照统一部署，运动到城郊附近，一听到第二连的部队打响，一声号令，无数面红旗一齐飘动，步枪、鸟铳、松树炮一齐打响，人们高喊着惊天动地的杀声冲向城内，我们第一区独立团除了直接配合攻城以外，还组织了一支敢死队，由城东北的铜锣洲过耒阳河，绕到敌人背后的青麓书院，扰乱敌人的后方，敢死队队员们并在当地群众中收集起稻草、木柴，放起了冲天的烟火，使敌人感到四面受敌，处于孤立无援的状态。

在这突然攻击下，守城敌军也弄不清到底有多少部队进攻，他们略作抵抗，伤亡了五六十人以后，便仓皇溃逃，我们重新收复了耒阳县城。

1928年的3月间，工农革命军第一师为了同毛泽东同志会合，离开了耒阳向井冈山移动，桂系军队又占了耒阳县城，并且派出部队驻到了各区乡，约1个营的敌军来到了一区，驻在南门上里。

当时，各区乡的农民自卫军和独立团仍在四乡坚持，4

月初，根据县委的指示，我们区委的几位同志商量，决定打击进占第一区的这一营敌军。

我们一区的农民武装虽有七八百人，但都没有经过训练，我们这些领导人员不懂军事，武器装备也不好，只有步枪五支，其余的是些土枪、梭镖、大刀和土造炸弹，以这样的武装去攻击敌人的阵地显然太冒失了。

战斗发起了，夜里，我们 30 多只木船悄悄地从易口渡过了耒阳河，一股劲冲到敌人的驻地对面三四百米的菜园里，这一仗虽然也杀伤了不少敌人，但因敌人早已有了准备，他们依托了几栋坚固的大房子，在墙上打出了枪眼，向我们射击。我们则利用菜园的矮墙做掩护，向敌人射击，双方对打起来。这时，我们的弱点暴露出来了，我们的战士没有训练，不善于瞄准，也没有注意节约弹药，当我们的弹药快要耗完的时候，敌人就从工事里钻出来，向我们发起反冲锋。

我们虽然顽强地抗击，却终因力量太单薄，被敌人冲垮了，大部分农民军在团长梁育冬同志和副团长李育成同志带领下渡过河去，但我和徐仲庸同志带领的约 200 人撤退不及，被敌人迫退至一道河湾里，与敌人展开了拼死战斗，在这拼死战斗中，农民军战士们战斗得十分坚决，当敌人冲出来时，有十多个农民同志被敌军包围了，他们至死不缴枪，最后弹尽援绝，被敌人抓到，敌人用刺刀穿透他们的手掌，再用电线穿过去，把他们绑在一起集体枪杀了。有的农民和敌人抱在一起同归于尽，有的农民战斗到最后，为了不当俘虏，便砸碎武器，纵身跳下耒阳河，有的游过了河，有的在河中牺牲了。我跳河时，落在一丈多深的河岸下的荆棘丛中，未被敌人发现，在敌人集合撤走了以后我绕到另一渡口过河归队。此次战斗，死难的党员和群众有120余人。

革命武装撤走了，反动分子又组织了对革命的反扑，在反革命的高压下，耒阳的革命斗争又转入了低潮。

常德第一支农民武装的建立[*]

刘会友

1927 年春，我由刘泽远介绍加入共产党，并担任车刘家党支部书记和乡农协会的负责人，带领群众进行革命斗争。

这年 10 月中旬某日下午，刘泽远通知我们几个人夜间到丹洲堤上彭知家里开会。晚上 10 点许，会议开始后，泽远同志首先介绍了毛泽东同志带着农民自卫军上了井冈山，其已被选为湘西特委委员兼常桃特区书记，省委书记彭公达来到常德组成了湘西特委。他传达了上级党的精神：转入地下，湖区的下湖，山区的上山。泽远同志说："我们要继续干，但不要同敌人硬拼，要组织农民武装自卫队，隐蔽地同敌人展开刀对刀、枪对枪的斗争，以革命的武装反对反革命的武装。"

---

[*] 本文原标题为《常德第一支农民武装的建立和斗争》，收录时做了适当修改。

会议一散，我们就分头串联，没几天就集结了 50 多人，个个都是身强力壮的小伙子，在河洑山上正式成立了常德农民武装自卫队，丹洲的刘秀山和桃源的余岩头分别担任正副队长，泽远同志兼任自卫队的指导员，我负责通信联络，成为刘泽远的通信员。这个消息从内部传开，周围的共产党员和农会骨干纷纷跑来参加。面对强大的敌人，泽远同志主张队伍只能逐步发展，人多了容易暴露目标，目前队伍宜小不宜大。他动员那些人回乡活动，组织农会积极配合武装自卫队行动。

　　有了人，枪从哪里来？提到这个问题，我们又发起愁来。当时搞到枪，无非两着棋：一是搞钱买枪；二是从敌人手里夺枪。大家有的主张找地主豪绅搞钱，因为当时可以想办法买到枪，每支枪大约 80 块银圆，大家觉得从地主豪绅手里搞钱总比从敌人手里夺枪容易。

　　1927 年冬，我们打听到草坪的大土豪劣绅刘予禄的大儿子已经从外地窜回来了，开始兴办反动团防，企图镇压农民运动。刘予禄家拥有万贯家财，是当地的土豪之王，那时有首民谣："一出枫林口，财主多似狗，除了刘予禄，还有九十九。"刘宅是一所不大不小的大院，周围石墙高筑，前后门都有团丁防守，强攻颇不容易，又会牵动德山的敌人赴援。在这样的情况下，刘泽远提议要"智取刘家庄"。计划已定，便派机智勇敢的青年自卫队队员陈飞装成乞丐混进刘家做零工，里应外合，不到半月，刘泽远派人与陈飞取得了联系，并约定了袭击日期，自卫队队员在这天下午分散出发，黄昏时到了草坪，神不知鬼不觉地齐集在刘宅附近一座山上。隆冬季节，寒气逼人，大约10点钟，庄户人家已经入睡，刘宅的灯火也渐渐减少。刘泽远和刘秀山各带一支队伍潜入刘宅的前后门，待机而行。时到深夜，守门团丁偷睡了，陈飞悄悄打开前门，自卫队队员一拥而入，刺死四名哨兵，夺过武器，连放几枪，已经睡觉的十多个喽啰，吓得乱叫，顾不得拿枪，从床上爬起来就跑，不知钻进哪里才好。刘予禄的大少爷根本不知道共产党有了自卫队，只当成二岭岗的"寨子"下山打劫，连忙躲进了地下暗室，一家大小鬼哭狼嚎把一皮箱银圆和金银首饰抬到自卫队队员面前，跪着哀求饶命。我们在刘宅四处搜查，缴获了十多支长枪、一支短枪、两箱子弹，没收了那箱财宝，遣散了那些团丁，迅即返回，天不亮就回到了丹洲坪，把缴获的东西藏在刘秀山家里，各自分散躲避歇息。由于第一次出击旗开得胜，我们的心情无法平静，尽管领导叮嘱我们白天要好好地睡觉，可是怎么也睡不着，老是想着枪，似乎从枪上看到了我们的希望，看到了革命的胜利。

时隔几天，新的斗争又出现了。丹洲、河洑、岩桥寺一带白色恐怖加剧，国民党反动军警派小股部队开往这些地方，设立关卡，不论男女老少，都严加盘查，并开始逐村搜索。刘泽远判断，反动派可能为枪而来，便派人探听虚实。果然不出所料。原来刘予禄的大儿子输光了本钱，跑到城里，向主子诉了苦；劣绅刘采清被处死，他的大儿子跑到城里，向主子告了状。熊震旅部和县知事得悉此情况，大吃一惊，推测是刘泽远干的，于是布下所谓"天罗地网"，妄图达到人枪俱获。敌人的凶残，更加激起了全体队员的无比愤怒，队员们个个摩拳擦掌，誓要同敌人拼个你死我活。刘泽远耐心地给我们做思想工作，他说："我们不能鲁莽行动，只能用个好的计策，马上把枪运出去，否则，老百姓就会遭殃。"当天晚上，自卫队的几位领导人开会研究，想出了一个巧妙的办法：假出葬，真运枪。连夜吩咐几个队员，从村庄里借来一副大棺材，征得家人同意后，又从坟山上挖出一具刚埋的老人尸体，棺材底里放着枪支，用灰掩着，铺上垫单，上面压着尸体。第二天早晨，刘秀山打扮成孝子，挑选了16个队员抬柩并安排一些男子戴孝送葬，还请来了道士开路。布置已定，便开始出葬了，行到河洑镇街头，就被反动军警卡住，硬要检查，刘秀山向他们苦苦诉说，他们不听，强行打开棺材，确见一具尸体，有些发臭，连忙掩鼻走开，催着杠夫赶快抬走。我们不慌不忙地把棺材抬到了河洑山的最深处，打开棺材，取出枪支，埋葬好尸体，自卫队队员带着枪隐蔽在深山中，其余的人各自分头回家了。

敌人的"清乡"搜查，促使我们离开家乡，出没在常桃交界的山区进行革命活动，一方面摧毁反动团防，夺取枪弹；一方面发动农民群众，抗租抗税。直到腊月上旬，我们分头缴获了一些下乡作恶的歹徒的枪支弹药，又偷袭了安乡日马口的反动团防,解散了这支 40 多人的反动武装,缴获了他们的所有枪械。这时,武装自卫队已发展壮大到 150 多人,拥有百来条枪了,大部分战士丢掉了长矛,换上了钢枪,队伍重新编为两个分队和一个短枪班,实力逐渐雄厚起来。

我们的队伍扩大了,都是小伙子,谁也不怕死,又有上百条枪,子弹也不少,虽然还不敢同城里的敌人硬碰硬,但对于那些反动团防,我们不再把它放在眼里了。腊月下旬,人们正准备吃的东西过春节,盘踞在桃源佘田镇的反动团防,共有五六十人,借搜查共产党之名,到处抢掠,搞得鸡犬不宁,谁也不敢上镇赶集。当地的农会骨干纷纷跑来,向特区的书记刘泽远反映佘田镇农民的苦衷,泽远听了极为愤慨,决心要干掉这伙吃人的强盗。他化装成农民样子,亲自前往察看地形地物,并拟订了作战方案。第二天下午,正下着小雨夹雪,自卫队的全体同志整装出发,沿山行进,翻过常桃交界的山岭,潜入佘田镇附近的山林里。夜深了,到处一片寂静,团防局还在吵吵嚷嚷,指导员和队长一声令下,队伍冲下山去,迅即包围了团防局。刘队长带起短枪班战士,翻过围墙,击毙两个哨兵,打开院门,大队伍冲进了院内,摆开阵势,向里面猛烈射击。里面的敌人听到枪声,惊慌失措,胡乱地向外开枪。短枪班乘隙入内,瞄准目标,射出一排子弹,几个敌人应声而倒,其余的敌人吓得魂不附体,丢下枪支,抱头鼠窜,尽管里面接连发出"给我顶住"

的命令，喽啰们也不敢回头拿枪还击，后屋的几十个敌人见势不妙，连忙爬到楼上，企图负隅顽抗，不住地往下打枪。这时有队员大喊："放火烧楼！"他们吓坏了，大都乖乖地下楼缴械，整个战斗已告结束。我们满载缴获的枪支弹药和其他战利品，按原路返回，天刚拂晓就到了河洑山。

年关过后，城里的敌人有迹象对我们"清剿"，刘泽远决定走毛泽东同志指引的路，开辟革命根据地，他和省特派员刘纯哲带起这支队伍上了太浮山，我仍留在本地从事通信联络工作。

酃县三月暴动

周 里

1927 年 10 月间，毛泽东同志率领工农革命军从宁冈来到酃县，部队没有进县城，是经过十都、九都地区来到七都的水口，驻有一个星期。然后经八都、下村、遂川县的大汾，到达井冈山，创建了井冈山革命根据地。

工农革命军来到水口时，中共酃县临时党支部便派我去接头。接头前一天，部队经过袁树坳，打的红旗上面写着："工农革命军第一军第一师第一团"，有镰刀斧头的标志。我们便认定是自己的队伍来了，我在去找工农革命军接头的路上，正好遇上了部队派来地方组织的人。这时毛泽东同志住在桥头江家，团部设在朱家祠，团长是陈皓。这个人首先把我带到团部，到团部的路上那个"长子"（把我带到团部的人个子很高，所以我叫他"长子"）问我："你知道毛委员在哪里？"我说我只听说毛委员（知道毛泽东同志是中央候补委员）在攸县搞农民运动。"长子"说："我带你去。"

就把我带到朱家祠。他向毛委员介绍了我是酃县人，是来接头的。毛委员简单问了一下酃县的情况，我便汇报酃县现在的党组织只有一个临时支部。

马日事变后，酃县的农会都垮了，中共酃县特别支部是1927年1月建立的，支部书记李却非和委员、党员都跑了。我只找到了黎育教、邝光前。黎育教是从长沙读书回来的，那时酃县农协全部垮了，党掌握的武装也被敌人缴掉了，带队的坚强的共产党员朱子和被敌人杀害，现在只剩下我们由长沙回来的三个党员成立了一个临时支部，我还是新党员。毛委员听完我的汇报后说："现在要放手发动工农群众，城市依靠工人，农村依靠贫雇农，找那些满脚都是泥巴、满脚都是牛屎的人，把他们组织起来，重新武装工农。"同时，还分析了当时形势，乐观地指出，因机会主义领导的错误和反革命的进攻，大革命失败了，但广大群众仍是受剥削、受压迫的，是要革命的。只要有党的正确领导，还有革命群众，经过一段艰苦工作，把广大群众组织起来、武装起来，我们的前途是光明的，最后胜利是属于我们的。之后，毛委员问到酃县敌人的情况。我说，南乡有个挨户团，是陈头观的头子，有六七十支枪。东乡挨户团也有六七十支枪，是贾少棣的头子。在大革命时，我们农协到东乡进剿过贾少棣，但没有缴到他的枪，因为他在山区，很分散。大革命失败后，他便集中所有地主武装来缴了我们的枪，全县都是白色恐怖。

毛委员再三强调要发动工农群众，在农村要找那些满脚都是泥巴、满脚都是牛屎的人交朋友，逐步把他们组织起来、武装起来。最后，他要我画张酃县的地图给他，我只画了三分之一，便画不下去了，便打算去找个全县的旧地图来，我便同那个"长子"在附近朱家祠小学找到一张地图。当时，我还不晓得听我汇报的就是毛委员，在谈话中有人送来一封信，上面写着"毛润芝同志收"，那时我不晓得毛泽东又叫毛润芝。地图找到后，那个"长子"便叫我去茶陵侦察敌情。

　　毛泽东同志率领工农革命军上井冈山后，我回到都县黄挪潭、良桥工作。1927 年 11 月，湘南特委派一交通员来到酃县良桥找我（我在 10 月间向毛委员汇报酃县组织情况之后，写了一个通讯处给毛委员，他将我的通讯处告知了湘南特委，湘南特委就派了一个人来找我），我不在家，恰好碰到我们的同志刘承尚在家，刘承尚便派人把他送到井冈山毛委员那里，毛委员给了湘南特委一封信和一些钱。

　　湘南特委的交通员回去不久，特委又派刘寅生来找我。一见面我就把酃县的情况和我们的工作向他汇报，他说了是湘南特委派来酃县负责的，还带一个任务要找毛委员汇报。首先由我找到周策长送他到了井冈山，恰好毛委员随部队到别处去了，未见面，他只留一封信给毛委员。第二次由我送他去茨坪，我们在井冈山见到了王佐部队的党代表何长工。他告诉我们，毛委员到黄坳去了，我们便在井冈山请了一个老表带路，在黄坳的城隍庙里见到了毛委员。当天晚上，由于没有被子，刘寅生同毛委员共睡一张床，互相交谈，还询问刘寅生是三师哪个班及在三师的工作情况。第二天，我们是在部队驻扎的房子里的一个厅堂里汇报工作。我们汇报后，毛委员讲了形势，又指示了工作，并介绍何挺颖和我们谈组织工作，同时还批准我们成立中共鄜县特别区委，刘寅生任书记。

我们回来后，按照指示精神，把鄜县划作东、南、西三乡，准备搞全县暴动。1928年3月初，刘寅生和我去南乡中村和西乡的黄家渡、潘家圩检查工作，布置全县暴动时，接到了毛委员的信，毛委员还派了戴寿凯来指导武装斗争。我们原计划在工农革命军来中村之前搞全县暴动，以免土豪劣绅一听到部队来就会跑掉。我们一接到来信，就连夜赶回策源地区，重新布置暴动时间和暴动计划。

中旬，工农革命军到达中村，我们已经暴动了，集中了200多名暴动队队员，在中村成立鄜县赤卫队，队长何国诚，党代表是戴寿凯。武器大都是梭镖，只有工农革命军给的8支枪。部队在中村驻扎时，地方干部也在中村集合，部队和地方干部在一起发动群众，组织群众，进行打土豪分田地活动。

当时分田地的办法是很简单的，口号是"打土豪、分田地"，旗帜鲜明，口号响亮，很快就动员广大农民群众去土豪家挑谷子。一开始，有的群众不敢去，怕土豪报复，我们便宣传，土豪少，工农群众多，力量大，我们又有部队，只要团结起来，一定能打倒他们。我们不打倒他，他就会剥削压迫劳动人民，我们就永远不得翻身。土豪的谷子是我们农民辛辛苦苦种出来的，是我们劳动的果实，他们是不劳动的寄生虫。经我们宣传后，农民群众便纷纷起来去挑土豪地主的谷子。接着，我们又宣传土豪的土地并不是他们的，也是我们祖辈劳动人民辛苦开垦出来的，他们买田买地的钱，也是收租放利雇工剥削或高利贷剥削而来的。地主的土地应归还劳动人民，并同时批判了“生死有命”“富贵在天”的天命论，破除迷信等，于是农民又纷纷起来分田地。当时，分田地是按人口平均分，由于我们没有稳固的政权和强大的地方武装，只有军队来了，我们的政权才有一阵子，军队一走，反动军队又来了，就实行白色恐怖，政权又没有了，所以分田地就白分了；只有武装了农民，建立了地方游击队，又有相当的正式红军，建立了工农武装割据，分田地才有保证。

在这里，毛委员召开了农协骨干会议，帮助建立酃县第一个红色政权——中村地区工农兵政府和共青团、少先队等组织，同时毛委员还批准我们酃县特别区委改为县委，县委的成员还是原来特别区委的那几个人。在中村召开了3000多人的军民诉苦大会，毛委员做了重要讲话，会上还把打土豪得来的东西分给贫苦农民。同时，根据广大群众的要求，处决了两个罪大恶极的土豪劣绅。

当时，受“左”倾盲动路线的影响，将工农革命军拉往湘南，为了锻炼队伍，工农革命军离开中村时，我们的赤卫队也跟着去了。这时，县委机关设在中村的茅坪。那里的群众基础好，为了开辟新的苏区，县委决定派我到八都的坳头、七都的策源地区继续组织农民暴动，成立新的游击队。我回到策源，又组织群众，搞了第二次暴动。

大约一个月后，工农革命军又由桂东回到中村，刘寅生、万达才（县团委书记）向毛委员汇报了工作。刘寅生回来后告诉我们，毛委员批评了“左”倾机会主义，要停止烧房，不要乱杀人，只能杀恶霸地主。那时湘南搞盲动主义脱离了群众。这次毛委员公开批评了“左”倾的错误，部队回来又打了酃县县城。经十都、沔渡上井冈山，我们的赤卫队也跟着上了井冈山。

湘鄂西初期的革命斗争

贺 龙

大革命的失败，给我党的一个重要教训就是：要革命，必须掌握军队，准备武装斗争。南昌起义就是党用革命的暴力对付反革命暴力以挽救革命的尝试，秋收起义和其他地区的起义，也都是在这个认识的基础上采取的英勇的行动。

1927 年底，党中央派周逸群同志和我前往湘鄂边发动群众，建立工农革命军，开展武装斗争。可是当时我们对于大革命失败后所引起的问题缺乏认识或认识不深。因此，在湘鄂西根据地创建过程中走过一段曲折的道路。

1928 年初，我们到达监利县境，当时只有两支手枪和缴获的八支长枪。会合了贺锦斋（他是在南昌起义失败后，被党中央派到长江两岸活动的）领导的一支部队，接着又和石首中心县委取得联系，集合起两支农民武装。其中的一支是大革命失败后保留下来的，在石首、华容一带活动，领导人是吴仙洲；另一支是湖北省委在秋收起义时组织的，活动于洪湖附近，领导人是邓赤中、彭国才。前后会合的三支队伍共有 300 多支枪，编了 2 个大队，打起工农革命军的旗帜。这便是湘鄂边前委领导下最初的武装力量。

当时长江两岸的地主武装和带政治性的土匪对革命人民和革命组织屠杀破坏不遗余力。工农革命军为领导群众反击反革命的猖狂进攻，参加了地方党发动的监利、华容、南县等地的年关斗争，打土豪，铲除贪官污吏，消灭团防。这是我们第一次参加群众斗争，也是第一次看到群众的力量，并在一定程度上启发了部队觉悟。

这次行动是巡回式的游击行动，虽然取得了胜利，缴获了不少武器，鼓舞了群众的斗争情绪，队伍也发展到近千人，但没有充分发动农民，更没有开辟一个中心区域作为立足之地，加上受盲动主义的影响，过早地进攻监利县城，遂使胜利没有能够巩固。

监利城虽然没有攻克，可是我军伤亡不大。当时国民党内部矛盾日益尖锐，客观环境对我方还是有利的。但由于当时前委的农村根据地思想和政权观念还很模糊，并未将部队好好整顿，深入发动群众。而让邓、彭部回洪湖附近，吴部回石首；贺锦斋把部队交石首中心县委，随我和周逸群同志到湘鄂边组织军队。虽然失去领导中心的各部大多失散，然而革命斗争的火种却撒遍了大江南北。不久以后，在周逸群等同志领导下，洪湖地区的革命斗争又如火如荼地发展起来，并顺利地建立了红六军。

1928 年 3 月，湘西北特委组织起来的武装已有三四千人，同时进占了桑植城，建立了革命政权和中共桑植县委。这支武装的来源：一是利用亲族封建关系召集的 1000 多人；二是利用旧的隶属关系召集的 1000 多人。当然，这些部队的基础仍然是旧的，需要在斗争中逐步改造。

4 月初，国民党趁我们立足未稳之际，突然派四十三军 1 个旅向桑植城和洪家关进攻。由于刚召集的武装没有整编，更未得到改造，战斗力不强，洪家关与苦竹坪两次战斗均未能把敌人击退，部队本身反而遭受了严重损失。接着，周逸群同志回到沙市，领导鄂西特委组织长江两岸的革命斗争。

此后，我军转至桑植、鹤峰边境活动。这期间反动军队的镇压虽然较少，但是部队内部情况却非常复杂。这些坚持旧军队作风的，以及受地主、富农家庭影响甚深的人，成了贯彻党的政策的阻力。前委有鉴于此，首先进行了部队改编，正式成立工农革命军第四军。同时加强了党的领导，大队以上均设立党代表；加强干部和士兵的政治训练，在士兵中吸收党员，以期对原有的部队进行彻底的改造。对于坚持错误，违反党的政策的人，则给予严肃处理和教育。经过这样整顿，工农革命军才有了起色，迈开了革命化的第一步。

这时，我们对群众工作的重要性虽有一些认识，但是缺乏周密而完整的措施和积极行动。加上政治干部异常缺乏，地方党又无基础，土地革命和建立工农民主政权的工作还没有超出宣传阶段，因而在短时期内，自然不可能发动贫农建立地方武装和政权，巩固农村根据地。

在湘鄂边界，有些封建武装是我大革命以前的部属，因此，我们就利用这种旧关系与之谈判，求得暂时安定，以便整顿部队和待机打击国民党军队。7月底，接湘西特委转来湖南省委通告，要我军东进，牵制敌人对湘东红军的进攻。

8月25日，我军进驻石门西北乡之中心区域磨市，后来又转到澧县王家厂、大堰垱一带游击，领导农民打土豪、烧契约，号召农民分配土地。湖南军阀组织上万兵力分三路向我进攻。9月7日，工农革命军转回石门仙阳。翌日拂晓，敌军左翼奔袭我军军部。部队经所街退至泥沙，又遭敌人攻击。是役，参谋长黄鳌和师长贺锦斋先后壮烈牺牲。接着部队就移往鹤峰。

鉴于反革命力量大大超过革命力量，革命武装在本地没有机动的间隙，和施鹤部委（相当于特委）取得联系后，我们决定到反革命力量较为薄弱的恩施、宣恩、利川、咸丰一带发展武装，建立根据地。临走时，我们把队伍整顿了一下，留一定的兵力在桑鹤地区坚持斗争。另组成一支91个人、72支枪的队伍，建立了一个支部，这支小部队人数虽然不多，却都是精英。他们觉悟较高，立场坚定，在任何情况下，能英勇顽强，不向困难低头，不叫苦，不动摇，相信革命事业必定成功。

部队从堰垭出发，向咸丰的黑洞进军。这一带到处都有所谓"神兵"（类似红枪会），是有名的"神兵窝"。施鹤部委书记杨维藩丢开了党的工作，在"神兵"里当师长。后来我们把他领导下的一部分人争取过来，他才勉强表示悔过。但在我们打下鹤峰不久，他终于叛变了。

"神兵"虽然都是迷信团体，但其成员大都是被压迫的劳动人民，一般的还不欺压群众。因此，我们就设法与之联系，对其领导人物进行争取和分化，对其下属则加紧团结、教育，结果争取到两三百新兵。此时，部队已由91个人、72支枪发展到300多人、100多支枪，又编了2个大队。

但是在长期与党隔离的情况下，我们深深感到失去党的领导的沉闷和痛苦。党交给我们的任务是搞红军，但是红军怎么搞，根据地怎么建设，我们对这些问题理解得不深刻不全面。于是决心派专人到长沙、宜昌和常德寻找湖南省委、鄂西特委。终于在1929年初，与三处党组织都取得了联系。周逸群同志不断写信来通告鄂西地区，并陆续派来不少干部，加强了党的工作，提高了红军政治素质。同时党中央也发来不少重要指示和党的第六次全国代表大会的决议。于是，红四军的行动纲领也明确起来，逐渐摆脱了不利的处境，一步步发展壮大。

1928年12月，部队攻入建始城，缴获民团枪百余支，同时招收了一批劳动人民入伍，又收编了农民武装陈宗瑜部200人。接着打开鹤峰城，建立起工农民主政权。并派人四处发动群众，分配土地，使武装斗争和土地革命结合起来。

1929 年 5 月，桑植城解放后，我们就有了两个县城和县的政权。此外，还在龙山、宣恩、五峰、长阳、石门边缘，展开了工作，建立了县、区政权。这是湘鄂边红四军发展史上的转折点，到这时单纯军事观点才被纠正，建设革命根据地的一套做法才开始懂得一些，湘鄂边革命根据地也初具规模了。

至于部队风貌，也有相当改变。新的建军路线——官兵一致、军民一致的原则已经开始执行。我们接受了井冈山斗争的经验，连队普遍建立了党、团组织，加强了政治工作。在和鄂西区红六军会师以前，又坚决进行了几次"内部转变"，兵员补充主要是吸收贫苦农民。这样才把这支队伍逐渐改造与建设成新型的人民的革命武装。

1929 年 7 月初，国民党派 1 个团进犯桑植，我军诱敌由南岔渡口过河后，即开始攻击，迫其背水作战，将其大部歼灭，并击毙其团长周寒之。7 月中旬，旅长向子云不甘失败，复亲率该部 2000 余人及一些地主武装倾巢出犯。我军埋伏在城外山上，大开四门，诱其深入。当敌人入城后，我军伏兵齐出，将敌人大部歼灭。向子云率少数人马向后逃窜，到达赤溪河边却发现船只已被我军破坏了。向子云泅水逃命至河中被洪水溺毙，所剩士兵只好在岸边投降。这是红四军建立以来第一次大捷，缴得长短枪千余支。事后我们又派出一部分武装向大庸、永顺、慈利一带游击，并开辟根据地，建立政权。

赤溪河大捷引起了湖南统治阶级的惊慌。8月，反动政府派吴尚和陈渠珍等部共2000余人进攻湘鄂边。鉴于敌强我弱，红四军主动撤出桑植城，转至鹤峰、五峰、长阳、松滋等地，发动群众，开辟新区工作，以期与鄂西区连成一片。

1930年3月，红四军根据中央指示和鄂西特委决议，东下与红六军会师，留部分主力为骨干和一部分游击队坚持湘鄂边的斗争。但是由于红六军个别领导同志对亟须统一集中湘鄂西革命力量的客观形势缺乏正确认识，没有及时策应，所以红四军三次东进均被敌人阻截。后来由于周逸群同志坚持特委决议，红六军才挺进江南。7月初，两军会师于公安城。

红六军是以周逸群同志为首的鄂西特委直接组织起来的革命武装。1928年初夏，周逸群同志由鹤峰回沙市后，即领导鄂西特委工作。

周逸群同志在沙市、宜昌工作期间，一方面领导城市工人运动，一方面也领导了农民运动和武装斗争。沙市党遭到破坏，他由城市转到农村以后，才把工作重点放在建设农村根据地和武装斗争方面。

1930年1月，鄂西特委根据中央指示，组成了红六军。它的来源是：以洪湖的柳家集为中心的段德昌、彭国才所领导的游击大队，以白露湖的沙岗为中心的段玉林、彭之玉所领导的游击大队。由于实行了正确的政策，加上党的组织力量较强，群众基础较好，国内形势有利，特别是鄂西特委及时采取了把各县游击队集中领导、统一指挥的有效措施，更促进了鄂西区游击战争的开展。1929年底，段德昌、段玉林部均已扩大到数百人，许多县份的红色游击队也成长起来。他们在监利汪家桥会师，宣布成立红六军，负责人是周逸群、孙德清、段德昌、段玉林、许光达等同志。

红六军成立后不久先后攻占了沔阳、潜江、石首、汉川等城镇，后来又渡江南下，打下了华容、公安等地，创立了长江南北两岸大块根据地，部队也获得极大发展，奠定了湘鄂西中心区的稳固基础。

这期间，中央红军在毛泽东同志领导下，开辟了赣南、闽西根据地，1930年6月，组成了红一军团。其他红色区域，凡是执行了正确路线的革命事业均有所发展。这时，党的威望提高了，红军和革命根据地已成为全国政治生活的中心，从而大大动摇了蒋介石反动政权的基础。

在这种形势下，红四军与红六军组成了红二军团，红四军改称红二军。渡江东进后，解放了许多城镇，扩大了武装割据，红二军团发展到2万人。

红二军团的成立，标志着湘鄂西革命斗争进入一个新的阶段。它和鄂豫皖、湘鄂赣红色地区相呼应，构成了对敌人的统治中心城市之一武汉的包围。这是党的人民革命事业的巨大胜利，是革命的武装反对反革命武装的巨大胜利。

革命胜利的关键在于路线正确与否。1928年至1930年上半年，以周逸群为代表的湘鄂西党的领导基本上是正确的。但是 1930 年下半年到 1934 年秋天之间，湘鄂西遭受到两次严重挫败。这两次挫败是在第二、第三次"左"倾路线直接影响之下造成的。1930 年秋，第二次"左"倾路线统治的党中央，错误地要红二军团离开湘鄂西根据地，配合进攻长沙，结果使红军在半途遭受挫折，湘鄂西根据地也由于失掉红军的支持，损失很大。

更严重的挫败发生在 1932 年春天至 1934 年秋天，湘鄂西分局贯彻了第三次"左"倾路线，结果把整个湘鄂西根据地都丢失了，直到红二、红六军团会师以前才有所转变。遵义会议决定传来以后，根据地和红军才又恢复和发展起来。

回顾湘鄂西的斗争，初期虽然因经验不足而受到过挫折，但终于建立起大块根据地，发展了武装，发动群众开展了轰轰烈烈的土地革命，有力地配合了全国的革命斗争。而后来的错误路线却是违背毛泽东思想的。这不能不令人深刻地认识到：孜孜不倦地学习马克思列宁主义和毛泽东同志的著作，具有多么重要的意义。

桑植起义中的统战工作

张 德

南昌起义失败后，贺龙同志带了 20 多个人回到桑植洪家关，从事武装斗争。在党的领导下，贺龙同志坚定而灵活地执行党的统战政策，运用统一战线这个工具很快地拉起了队伍，为建立湘鄂边革命根据地提供了极为必要和重要的条件。

1928 年 3 月，我亲眼看见贺龙等人化装成商人模样，赤手空拳地回到了桑植洪家关。当时，全国一片白色恐怖，革命处于低潮，湘西无一例外，面对这种形势怎么办？贺龙同志在党的上级委员会的领导下，制定要争取多数，打击少数，尽可能地把一切愿意革命的力量联合起来的革命措施。他对前来拜访的亲族旧部、各种武装等头面人物说："南昌暴动失败了，我还是要革命。你们愿意跟我干革命，就把队伍拉起来，重打锣鼓另开张；不愿意干的也没关系，我们还是朋友嘛！"贺龙同志的耐心劝说，使在场的人纷纷表示从事革命伟业。此外，贺龙同志亲自写信派贺锦斋同志外出联络，宣传党的政策，组织和发动人民群众跟党干革命。

经过前委和贺龙等同志的努力，约一个月时间，就拉起了一支约3000人的革命队伍，其中利用亲族关系招募的有贺桂如、贺英等部，共1000多人，其他人民群众1000余人。这些人虽不是共产党员，但大都具有民主革命的思想，加之党的政策对头和贺龙的崇高威望，所以心甘情愿地扛起了工农革命军的旗帜。

这年底，贺龙同志还在鹤峰邬阳关收编了"神兵"（一个原始的封建迷信武装组织），将其先后编为特科大队、红四团。"神兵"首领陈宗瑜担任了大队长、团长，并为革命流尽了最后一滴血。广大"神兵"通过教育也进一步发挥了神勇的威风，斩关夺隘，杀敌立功，为我们红四军的光荣历史增添了光彩。

凡是参加红军的头面人物，只要服从党的领导，贺龙同志就在政治上予以充分信任，工作上大胆任用。比如贺龙当澧州镇守使时所属永定（大庸）县长、土著武装头目覃辅臣率100余人坐镇永定。1929年6月，红军再次攻克桑植后，贺龙派人与他联系，覃辅臣当即率部参加了红军。当时，覃辅臣已经50岁了，由于他拥护革命并为之奋斗，贺龙同志就任命他为第二路指挥官。后来，覃的儿子覃伯云16岁就当了红军的连长，他的侄儿覃伯勋当了红军的团长。

但是，对那些违背革命根本利益的人，贺龙同志也绝不纵容，就拿谷忠清来说吧，他本是叛徒罗效之手下的班长，后拖了罗的一个班的人枪和其叔谷志龙的队伍一起投奔红军。谷忠清作战勇敢，被贺龙任命为营长，后又接任红四团团长。但谷忠清强奸妇女，贺龙同志对其批评教育，仍然恶习不改，并在土地垭战斗中，与罗效之通话，企图叛逃。是可忍，孰不可忍。1930 年 5 月，经过前委研究，贺龙同志亲自主持大会，公开处决了谷忠清等人，纯洁了队伍，整顿了作风。

对待亲属良朋，如果基本条件差，又不积极工作的，贺龙同志从不迁就重用。如当时在洪家关闲住的贺联元，曾在贺龙的第九混成旅当团长，又是贺龙的叔伯哥哥。他参加革命队伍后，毫无斗志，经常抽大烟。贺龙同志就是不用他，并经常予以批评教育。当他找到贺龙同志要求安排官职，无理纠缠时，贺龙同志火了，骂道："这个强盗杂种，脸上的油烟子刮得几箩筐，还想要什么官职，快走开！"还有北伐时在贺龙部下当过营长的贺定子、贺松如等，因为旧意识不改，又怕艰苦生活，参加红军不久，就被贺龙同志勒令离队了。

当时，湘西有句名谚："有枪则王，何愁款粮。"在这种思想支配下，湘西各地拉起了不少所谓"听编不听调"的地方武装，他们情况复杂，矛盾很多。鉴于这种情况，贺龙同志采取了许多灵活的策略，以利于革命武装的发展。

对于那些不愿意打出红旗，但又与国民党反动派有矛盾的土著武装，就同其建立适当的联系，争取其中立或暗中配合红军作战。如张俊武名义上是"湘西王"陈渠珍的一个团长，实际上是"听编不听调"。1929年6月，贺龙同志给张写了一封长信，劝其加入红军。张俊武不愿意参加红军，但答应他的队伍绝不出大庸，不打红军。赤溪河大战时，他的部队果真没有放一枪一弹。又如掌握有2000多人队伍的田少卿，贺龙同志回到湘西就同他联系上了，要他参加红军，并要他当红军的师长。可田少卿不想戴"红帽子"，但表示绝不反对红军。红军确定攻打叛敌罗效之部，这时田少卿发现敌师长吴尚部严仲儒的一个旅来到澧县一带，准备进攻红军，田少卿便给我们报了信。红军便立即撤向桑植，避免了损失。此外，经过"统战"，还使大庸县的吴玉霖、刘用和永顺县向登初等部保持中立，间接地支援了红军。

为了使那些暗中配合红军作战的朋友能在国民党那边站住脚跟，贺龙同志又运用了"假打真帮忙"的策略。如对慈利江垭团防徐小桐的攻打便是一例。1928年春贺龙同志回桑植路过时，徐曾手挽着贺龙将其送到街口，并派一个连护送。当他发现其部一营长张国判企图谋害贺龙时，下令将其处死。后来国民党追查送贺龙过境一事，逼徐甚急。贺龙同志说："不打一下江垭，徐小桐日子不好过。"于是，我们在那里摆起架势，乒乒乓乓打了一阵，最后虚晃一枪，以佯败而结束战事。

还有一种情况，就是订立"君子协定"，成我党之事。

慈利官地坪（今桑植）团防首领谷岸桥、向虞卿是贺龙同志的旧交。贺龙当澧州镇守使时，他俩曾受过贺龙的恩惠。因此，当贺龙同志回家闹革命时，经过几番交涉，订了协定，用现在的话说，叫作"互不侵犯条约"。我记得贺龙同志说过"我不破官地坪"，官地坪的团防也没有打过红军，还秘密地为红军购子弹、医药，掩护家属、伤兵等，支援了红军。

贺龙同志文化水平不高，但他从革命的全局出发，认识到知识分子在革命中所起的重要作用。因此，他很注重吸收知识分子参加革命，提高干部队伍素质，并强调党内的知识分子要主动团结党外的知识分子，共同搞好革命工作。那时，我们红四军的知识分子是比较多的，有高中生、大学生，还有黄埔生，以及从日本、苏联学习回来的留学生。比如，湘西前委有五位领导人员，除贺龙以外都是知识分子。贺锦斋原是湖南陆军军官讲武堂毕业的学生，陈协平是黄埔毕业生，张一鸣原是北大学生，李良耀也是学生出身，文化水平很高。这些党内外的知识分子在前委和贺龙同志领导下，紧密团结，共同战斗，为革命做出了贡献。

贺龙同志有个特点，就是尊重知识分子，不论党内党外，他都以"同志"相称，平等相待，发挥其专长。比如，周逸群早年留学日本，回国后在黄埔军校学习和工作，后来成为根据地的主要创始人之一。贺龙同志对他十分尊敬，几乎是言听计从。1928年5月，周逸群被迫离开湘鄂边到洪湖后，贺龙就通过"交通"多次与周联系，从中受到教益。所以贺龙同志经常对我们说："逸群同志真是我的好老师。"在实际工作中，贺龙同周逸群紧密配合，被同志们誉为革命的珠联璧合。

还有，贺龙同志对知识分子既放手任用，又适当照顾。比如，张一鸣同志原是做政治工作的，后要求改任军事指挥员。当时战斗频繁，能当上军事指挥员算是重用。1929 年 10 月中旬，在庄耳坪战斗中，一团团长贺桂如牺牲后，贺龙同志就决定由张一鸣接任。张任团长后，干得更出色，多次受到赞扬，后在沙市战斗中壮烈牺牲。再比如，董朗同志原是黄埔军校教官，后任红四军随军学校校长。1929 年 6 月，贺龙同志在桑植看到董朗体弱多病，就批了一笔钱给他买补药，治病养身体，恢复健康。

我深刻地体会到，统一战线的确立是中国革命的三大法宝之一。要认真总结这方面的经验教训，继续发挥这个法宝的作用，为建设中国特色的社会主义做出新的贡献。

石门南乡起义

袁任远

石门在湖南的西北部。当时石门的工人、农民，在共产党的领导下，轰轰烈烈地展开了农民运动，封建势力受到很大的打击，旧社会的面貌开始发生变化。

1927 年 5 月 21 日夜，湖南的军阀许克祥，在长沙发动反革命的政变，这就是有名的马日事变。嗣后各县的反动势力，都死灰复燃。石门也是一样，县党部及群众团体，均被解散。工会会长、新关区的农协主任等同志，先后被残杀。我们的革命队伍，被反革命一棍子打散。直到 7 月，中共湖南省委始派伍经忠回到石门，成立县委，恢复党的组织。当时参加县委的有盛联熊、陈奇谟、曾庆轩等同志。我原在慈利工作，马日事变时，我适在长沙开会，后因受到"通缉"，跑到武汉。6 月底，毛泽东同志召集湖南被迫来武汉的同志开会，指出马日事变是右倾机会主义造成的，要大家回到原岗位，恢复工作，拿起武器，山区的上山，滨湖的上船，坚决与敌人做斗争，武装保卫革命。会后我便回到慈利恢复工作，因被反动派知道了，悬赏缉捕，不能立足，遂转移至石门，也参加了县委。

当时党的骨干中有很多的知识分子，为取得公开的职业以便掩护工作，县委设法将能担任教职员的同志都安排在学校里工作。伍经忠、盛联熊等同志在石门中学。曾庆轩、陈奇谟同志到北乡，分别担任新河区、磨市区的书记。我则到南乡工作。不久，原来的组织都恢复了，并新建了一些支部，在半年内，党和农协的组织都发展得很快。但许多同志不大注意隐蔽的工作方式，都搞红了，引起反动派的很大注意。伍经忠和盛联熊同志被迫离开石门中学，转到中、北乡工作。我也离开白洋湖第六完小，脱去长袍，秘密地在南乡做群众工作。

1928 年 1 月，张仲平同志来到石门与县委取得联系，布置年关斗争。新关区的农民首先暴动，北乡的新河、磨市等地，亦相继暴动。国民党县政府随即派兵来镇压，杨绍绪等同志被捕，于元宵节在县城牺牲。刚刚组成的农民队伍，一下就被打散了。反动派将新关的暴动镇压下去后，即向北乡进军。由于我党掌握的罗效之的团防队叛变投敌，北乡的暴动不久亦归于失败。这次暴动后，国民党反动派要求驻常（德）澧（县）一带的贵州军阀李鑫的四十三军分兵到石门，镇压革命。四十三军随即派了 1 个团于 3 月上旬开到石门。3 月 23 日，该团将石门中学、第一完小、石门女校包围，将苏清镐、邢炳业、云开源等 17 位同志逮捕，严刑拷打，于 3 月 29 日全部枪杀了。

反动派在镇压了中乡、北乡的起义后，便派兵到南乡，抓人罚款（名曰"暴徒捐"），叫作"清乡"。3 月初，我回到白洋湖，旋又转到花薮区，与陈昌厚、郭天民同志积极组织群众，秘密制造刀矛，准备武装暴动。5 月上旬，石门县的警备队士兵来到花薮区小集镇寺垭铺准备抓人罚款。我们知道了，决定先拿他们开刀。因为时间紧迫，参加这次暴动的仅十余人。暴动中，警备队的 8 个士兵均被砍死。第二天群众看到标语、布告和死尸，随即传开，轰动了全乡。

反动派的指挥机关——南乡团防局就设在蒙泉区的夏家巷，团防局局长是个大恶霸。我们在寺垭铺暴动后的第二天，开会着重讨论了南乡政治形势，计划摧毁这个团防局，杀掉恶霸局长。会议决定总起义，首先消灭团防队、警备队和税吏粮差，曾庆轩同志赴夏家巷亲自指挥。

夏家巷的团防局有枪十多支。我们的队伍虽有 20 多人，但都是刀矛，没有枪支，只能出奇制胜。大家屏息轻步，摸入夏市，乘敌不备，突然砍倒哨兵，一拥而入。我们砍死了团总梅某，征收"暴徒捐"的委员陈某、恶霸阎某和团兵三人以及警备队队兵两人，并缴获了步枪 4 支。可惜团防局局长在两小时前带着几个枪兵离开了，没有杀掉，这是胜利中的最大遗憾！

接着福田、白洋、磐石各区的同志，也领导农民相继暴动，各地的农民协会又恢复起来，南乡的农民运动风起云涌，大部地区又赤化了。

为建立一支更有战斗力的军队，继续坚持斗争，以花薮区和夏家巷的武装为基础，共有 50 多人、十多支枪，成立湘西工农红军第四支队，下分 2 个中队。我们的指挥机关也移至陈家桥。

磐石区的侯宗汉，有枪 50 多支，盘踞太浮山，势力最大。侯曾与我们秘密来往，表示中立。我们的部队初具规模后，除对侯宗汉继续争取外，对其他团防队，则采取积极的进攻方针。计划首先消灭花薮区的团防队，经多方侦察，得知他们躲在浮丘山下，遂冒大雨，乘夜奔袭，缴获步枪 8 支，是一个重大的胜利。福田、蒙泉的部队也同时缴获了长短枪 6 支。

黔军四十三军（有两三万人），因受到湖南军阀的排斥压迫，于 5 月底分数路向贵州撤退。我们布置沿途群众借敌人宿营的机会，鼓动他们的士兵逃跑，从而收买枪弹，共得步枪 20 多支。此外还派人赴桃源收买民间的散枪十多支。

这时侯宗汉派人表示愿意参加革命，编为四支队的第二路。为便于控制和改造侯部，我们的主力一度由陈家桥转移至太浮山。原在常德境内活动的由老冯同志（化名）负责的一支游击队，有长短枪 19 支，听到我们的部队进到太浮山，也前来会合了。我们遂决定以老冯为第二路的党代表，他所带的游击队，也编入第二路。

敌人知道侯宗汉参加红军后，便令石门、慈利、常德、临澧、桃源五个县的团防队来"围剿"，均被我们予以有力打击。

敌人见各县的团防队作战不力，除调杂牌部队朱华生外，又调新编第四军陈嘉佑的3个团来"围剿"我们，占领比较重要的集镇。整个南乡被分割为许多小块，造成了对我们包围的态势。

我们分析了敌情后，决定先打战斗力较弱的杂牌军和团防队。驻扎在潘家铺的朱华生（有五六百人）部，被我们击退并缴枪十余支，夺得一部分物资。石门、临澧的团防队，几次进攻周寺庵，均被福田区的部队及农民击退，共打死匪兵数十人，并缴枪数支。驻扎在夏家巷、望仙树两处的陈嘉佑部，也遭到我军的突然袭击，受到损失，一度溃退。

我们在反"围剿"中虽取得了一些胜利，缴获了一些枪支，然而敌人越来越多，我们的部队很分散，不能集中力量消灭敌人，又是被迫白天作战，伤亡渐多。侯宗汉见势不妙，投降了敌人。敌人又于7月底集中力量进攻陈家桥，四支队的2个中队与其相持了一整天，终被敌人攻占，我们的主力也被打散。几经转移至袁家岗时，只剩20多人，分组躲在山中。大多数同志在与搜山的敌人的顽强战斗中英勇牺牲。南乡的武装割据，为期仅三个多月，就告失败了。

南乡的武装斗争虽遭受挫折，但由南乡转到北乡的陈昌厚、郭天民、曾庆轩等同志与原在北乡坚持工作的伍经忠、盛联熊、陈奇谟等同志，在贺龙同志领导下，积极战斗，北乡的武装斗争更大规模地展开了，并建立了工农民主政权，成为湘鄂西根据地的一部分。革命的火焰是任何敌人不能扑灭的！

平江起义

彭德怀

1928年农历四月底五月初，独立第五师先后到达平江。当时阎仲儒旅驻平江，"清乡"破坏极端严重，但党的县委还存在，也有少量的农民游击队在继续反抗。

一团是随师部最后一天到平江的。我们到达后，听了李灿、张荣生等前站人员关于"清乡"队抢劫烧杀的汇报，召开团党委会议，讨论如何制止匪军的烧杀抢掠，并研究了对策。

阎旅搞了一个彻底"清剿"计划，相当严密（包括五师、阎旅、民团，推周磐为总指挥），准备5月10日以后开始实行，结束后，阎旅即开赴茶陵。我想如能把"清剿"计划送给县委，对地方党的工作是有帮助的。刚好一个名叫毛宗武的相识来到我处，便私下通过他告知县委。

7月18日晨，率传令排张荣生和传令兵数人去思村第二营，陈鹏飞营长集合队伍，我讲了话，谈到平江县城反动统治情况，被杀害的青年英勇顽强，高呼口号。我还说，此地如有游击队扰乱，不要还枪，他们是革命的，我们迟早也要走这条路。讲话时有市民和农民在几百米外听。讲完话后，即到陈鹏飞营部吃午饭。恰在这时，他的亲戚从长沙来，说昨天长沙破获共产党组织，发现有黄公略亲笔写的通行证，是周磐认出笔迹的。我和陈营长听后，无心再吃饭了。陈鹏飞很紧张，陈和黄公略的私人关系很好，但不是由于政治上的认识。送我到镇外后，陈深切地叫我：“石穿！只要能救黄公略脱险，一切我都听你的话。”我内心很感激他这句话，亲切地握了他的手，说：“我的心情和你一样。”后来此人在 11 月上旬湘鄂赣三省白军“会剿”时逃走了，他留下一封信，表示绝不反共，实在吃不了这种苦。

回平江城后，下午 4 点钟左右，我直接到电报局问有无电报。局长说：“有密电给你，还有一份是给师部的，正在核对。”我说：“正要去师部，交我带去吧！”他说好。我给了他两份电报的收条，回到团部译出，是陈玉成给我的电报：“南华安共产党特委已被破获，特委负责人在长沙被捕，供出黄是共产党，周认出是黄公略亲笔写的通行证，要慧根（李副师长号）立即逮捕公略、纯一、国中三个人。”外无其他。我告诉张荣生立即通知团党委同志，下午 7 点到县立医院黄纯一病室开会。

刚好邓萍告知特派员滕代远同志已到湘东平江、浏阳巡视地方工作。我把陈玉成来的电报给他们看了，邓萍问怎么办。我说："现在只有起义（当时叫暴动），绝不能有任何犹豫。"邓、张几乎同声说："好在掌握了情况，否则被一网打尽。"

我来到黄纯一病室里时，他们都已到达。邓萍、张荣生、黄纯一、李灿、李力、李光、滕代远，包括我在内共8人。我讲了长沙反动政府抓去特委通信员，搜出了公略亲笔通行证的情况，说今天开团党委紧急会议，请同志们讨论是否起义。最后统一，以闹饷为手段，决心起义，毫不动摇！决定7月22日下午1点钟乘敌人午睡时起义。

20日早饭后，以李慧根名义发出密电给周磐："砥公师座，巧电奉悉。三人已遵示逮捕，随校已令开来平江，请勿念。"

20日午饭后，团党委召集会议听了汇报。经过紧张工作，各项准备工作均已完成。会议提出，起义后官兵平等，军官包括团长、营长、连长、排长均由士兵委员会选举。士兵委员会立即准备军官应选名单和应洗刷名单，拟在21日团党委会上讨论通过。

20日夜半的紧急情况：第三团团长刘济仁来电话说黄公略闹饷叛逃了；第二团团长张超也打来电话说闹饷事。听他们的口气，对闹饷是有恐惧的，我心中松了一口气！

我要张荣生立即找邓萍来，同时请团党委其他同志来开会。张、邓说："黄石麻子是怎么搞的呀！"邓说："怎么办?"我说:"现在埋怨也无用,赶快以士兵会名义,写信给二团、三团各营、连、班长,只说五个月不发饷,还要'清乡''剿共'杀农民;现在一团已经闹起来了,要求发清欠饷,不发饷不下乡,还要一起干共产党。信油印出来,邮寄二团、三团和留守处。"让张荣生即派通信班带上工具,到城西五里以外,把通长沙电话线破坏掉,破坏得越多越好,并写上"共产党万岁!"

天快破晓时,滕代远、李灿、李力、黄纯一等同志到齐了。邓萍告诉大家,黄石已起义,率队伍开进嘉义镇以南大山中去了。我把刘济仁和张超两人电话告诉了大家,我说:"听他们口气,对闹饷有恐惧,我们起义时,他们不会来单独进攻。"我又说:"岳州、湘阴没有正规军,只有民团;长沙有7个团,浏阳有张辉瓒旅3个团;阎仲儒旅在醴陵,估计两三天甚至四五天内,不会有大军进攻。为了彻底消灭反动武装,充分准备是必要的。公略搞早了一点,但不要紧,也起了扰乱二团、三团的作用。我们还是按原定计划不变,加紧策动二团、三团的闹饷工作,加紧对他们两团在城内留守处的工作,迅速邮寄出闹饷传单。"

会议还讨论了宣誓的准备、起义后军队的名称番号和干部配备。确定工农红军的名称,番号为红五军(因为井冈山是红四军),原一团所属之一营、二营、三营扩编为一团、四团、七团。确定红五军实行党代表制,军官由士兵委员会选举。官兵平等,待遇一样,起义胜利,每人发12元慰劳金。俘虏遣散费要看现金和人数的具体情况再决定。讨论了由张荣生拿来的明天中午需要扣押的军官名单和代理人员的名单，这些名单均经过营、连、士兵会拟就。确定22日上午10点，团长召集军官会议，扣留一批反动军官；11点半团长到东门外天岳书院第一营大操场讲话，宣布起义。

大家在十分严肃紧张的气氛中工作，愉快地度过了21日。黄昏时，李灿、黄纯一、张荣生、李力他们都自动来谈准备工作。李力说："师特务营闹饷的事已串通了，参加起义没有把握，但不会参加反动方面起阻碍作用，这有把握。"李灿说："'清乡'委员会的反动部队，每日12点半午睡，2点半起床，我们下午1点起义正合适。"黄纯一说："三营金营长有些不正常，心情有些不安，似有所察觉。各连已推选了闹饷代表，都秘密开了会，情绪很高。"我说："这就好办了，三营能参加起义，师特务营能中立，那就胜利了。"并说："明天（22日）10点，团长召集军官会议，扣押金营长，由黄纯一代理营长，能通得过吗？不冒险吗？"大家说："不冒险，保证能通过，三营连长、排长都恨金营长，由黄代理营长也能通过。"

我说："大家来了，我们就开一个团党委会，找邓萍和滕特派员来吧。"滕、邓一会儿也来了。张荣生和李灿都说，一营营长雷振辉，一连连长李玉华从南县闹饷起，态度很好、很积极，这次恢复士兵会的公开组织，他们特别高兴，雷、李都要求加入共产党。这次起义，雷、李参加大概不会有大问题。李灿、张荣生都说参加起义没有问题，如果他们反动，在一营也逃不脱。决定二营不参加起义，在起义后调回平江改造，争取陈鹏飞同走一段路。

22 日 10 点，在团部召集营、连、排军官会议，宣布国民党罪恶；实行 1927 年 1 月士兵委员会章程，建立工农兵政府和工农红军；宣布三营金营长勾结平江土豪劣绅，即撤职查办，交特务连看押，任命九连连长黄纯一代理营长职务；其他连、排十余人，对革命认识模糊，不执行士兵委员会章程，停职考察，暂不回连；他们的职务，由各该营连士兵委员会推选适当的人代理，报告营、团部备案。

11 点半，到达东门外书院第一营操场开誓师大会。全体队列整齐，颈上围着红带，喊着革命口号："为工人农民服务！"精神振奋，焕然一新。我出席并讲了话，大意是：宣布国民党反革命罪恶，打倒国民党政府；我们要为工人农民服务，建立工农兵革命政府，建立工农红军；官兵平等，军官由士兵委员会选举；拥护中国共产党；没收地主阶级土地，实行耕者有其田。现在就开始向平江县城进发，彻底消灭反动挨户团、警备队；解散一切反革命机关，释放被押人民群众；扣押反革命分子，组织革命法庭，审判治罪。希望你们坚决勇敢完成革命任务！然后宣读誓词。我们起义了，为工农服务开始了！

大家颈上戴着红带子，队伍立时改变了样子，精神抖擞，个个摩拳擦掌，勇气百倍，向平江城进发。下午1点钟开始行动，到2点多钟反动武装全部缴械。不到一个半小时，就将全城反动武装肃清。我3点多钟进城，亲眼看到满街红旗飘扬，秩序井然。国民党旗和国旗都不见了，这完全是出于学生和市民的自愿。从监狱中放出的革命人民自动在街上宣传，游行示威、喊口号、捉反动派。标语、传单满街都是，真是人人高兴，个个喜气洋洋。

午后4点，第二营从思村开回平江城，市民给予了热烈的欢迎和慰劳。由出狱学生组织的宣传队向他们进行宣传，学生们讲得极为生动，对第二营的教育很大。他们情绪还好，准备成立士兵委员会，由张荣生负责该营工作。

当晚10点多钟，又召开了一次团党委会，听了各方面简要汇报：缴获武器弹药数量不少，步枪近1000支，子弹约100万发（主要是师部库存）；俘虏民团（挨户团）、警察等2000余人；放出监狱人民群众1000余人；反动县长和"清乡"委员等均已被逮捕，有三四百人。唯有最反动的"清乡"委员会主任张挺早就离开平江去长沙了，师部李副师长、杜参谋长亦脱逃，余从县长以下无一漏网。张荣生说："各方面胜利很大，工作均很好，唯财政收入成绩很小。"

张荣生问："我们能在城内工作多久?"我说："五天至七天。二团、三团今晚会分别向浏阳、岳州方向退走。"

23日，由士兵委员会组织宣传队向市区和郊区进行多种方式的宣传。宣传内容：官兵平等，废除肉刑；为工人农民服务。平江县委负责人先后到县城，滕代远同志领导他们进行组织工作，准备 24 日午后开庆祝起义的群众大会，成立工农兵苏维埃政府。

黄公略率第三团三营于当日下午 4 点到达平江城北五里处休息。这时，团党委派去送信的李光急急忙忙跑来说："九连连长贺仲斌煽动大家说，受了黄石的骗，黄石是共匪。他们带着队伍叛变了。"由于距他们出发已 1 小时，再组织追逃为时已晚，只好作罢。我说："这个教训对巩固一团有好处，说明对军官要进一步清洗。我们应当全面考虑一下，取得教训；叛变并不特别意外，不要难过。我们没失去什么，反而对巩固一团部队有益处。"

23 日黄昏后，大约是 8 点，团党委开了全体会议，到会人数是最多的一次：滕代远、黄公略、黄纯一、贺国中、张荣生、李灿、李力、李光、邓萍和我共十人。黄公略把三团三营叛变情况讲了一遍，我把对这件事的分析又重复地讲了一遍，着重说到发动士兵清洗不可靠的军官。我提出向湖南省委建议留滕代远为红五军的党代表，黄公略去四团当党代表，大家都赞成。

24 日上午士兵委员会召开联席会议，选出我为红五军军长兼十三师师长，邓萍为参谋长，滕代远为红五军党代表。红军接受共产党领导，保证永远为工人农民服务。团党委改为红五军军委后，以党代表滕代远同志任书记，以其他党代表为各级党委书记。

24日下午4点，平江县委召集群众大会，庆祝起义胜利，宣布成立工农兵苏维埃政府，成立工农红军。红五军全体成员参加，我和滕代远讲了话。军民热情之高，无法形容，使每个到会人员都得到鼓舞。同时，24日这天，从长沙方面得到消息：25日反动派的军队准备向平江进攻，27日至迟29日到达平江近郊。

25日开了一个军事布置会议，团长、党代表均到会，讨论想在敌人进攻平江城时，利用城周有利地形和熟悉情况，给进攻之敌一个打击，歼灭敌人一两个团，再撤出平江城。以此来提高红军声威，然后有计划地向江西、鄂南发展。

7月29日，敌军对我进攻。由于四团在前一天离开指定地点自由行动，未经请示即向浏阳方向单独去进攻第三团，企图喊回叛变了的三团三营，因此未能按预定计划及时配合一团、七团行动。结果，第四团原约700人损失大半，所剩不到300人；七团伤亡100余人，最大的损失是黄纯一同志阵亡；一团和机枪连、特务连共伤亡数十人。

25日军事会议的错误，是没有讨论战略方针，没有认识到革命的长期性，未尽可能避免无把握的战斗，也没有认识到三大任务的统一性，说明我在当时是有很大的盲目性，缺乏对马列主义路线和战略策略的认识。这就是我当红军的第一课，是我参加红军后第一次所犯的错误。